Titres de la collection

Titres de la collection

34

TROP DE GARÇONS POUR ANNE-MARIE
Quatre gardiennes fondent leur club

Ann M. Martin

Adapté de l'américain par
Nicole Ferron

Héritage
jeunesse

Données de catalogage avant publication (Canada)

Martin, Ann M., 1955-

Trop de garçons pour Anne-Marie

(Les Baby-sitters; 34)
Traduction de: Mary Anne and too many boys.
Pour les jeunes.

ISBN: 2-7625-7322-X

I. Titre. II. Collection: Martin, Ann M., 1955-
Les baby-sitters; 34.

PZ23.M37Tr 1993   j813'.54   C93-096149-8

Conception graphique de la couverture: Jocelyn Veillette

Mary Anne and Too Many Boys
Copyright © 1990 by Ann M. Martin
publié par Scholastic Inc., New York, N.Y.

Version française:
©Les Éditions Héritage Inc. 1993
Tous droits réservés

Dépôts légaux: 1er trimestre 1993
Bibliothèque nationale du Québec
Bibliothèque nationale du Canada

ISBN: 2-7625-7322-X   Imprimé au Canada

LES ÉDITIONS HÉRITAGE INC.
300, Arran, Saint-Lambert (Québec) J4R 1K5
(514) 875-0327

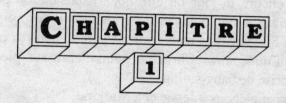

Je suis tellement excitée que je ferais des culbutes à travers la chambre de Claudia. C'est enfin l'été, et mes amies et moi tenons une réunion spéciale du Club des baby-sitters.

Je sens que mes amies sont aussi folles que moi, bien que chacune s'efforce de paraître calme pour ne pas déplaire à notre présidente, Christine Thomas.

Même si nos vacances commencent officiellement, cette dernière tient à ce que tout se déroule dans l'ordre comme d'habitude. Elle est installée dans le fauteuil, vêtue d'un t-shirt rouge et d'un jean délavé, avec une visière sur la tête. Juste à ce moment, Marjorie Picard et Jessie Raymond (les deux membres débutants de notre Club) entrent en coup de vent dans la chambre et se laissent tomber sur le plancher. Christine jette alors un regard furtif à sa montre.

— Vous êtes en retard, fait-elle, d'un air sévère.

Jessie et Marjorie sont plus jeunes que les autres, mais pour Christine, la règle est la règle et personne ne doit s'y soustraire. Elle prend son rôle de présidente au sérieux et considère qu'aucun retard n'est excusable, sauf peut-être dans le cas d'un tremblement de terre. Je comprends très bien son attitude. L'idée du Club vient d'elle et je me rappelle encore le jour où elle nous exposait son plan, à Claudia et à moi. Nous avons grandi toutes les trois dans la rue Soulanges et nous adorons garder, mais ça prenait quelqu'un comme Christine pour mettre sur pied une entreprise de baby-sitting.

Mais revenons à Jessie et à Marjorie.

— Nous sommes désolées, font-elles d'une seule voix.

Mais on dirait qu'elles se retiennent pour ne pas pouffer de rire. Il est vrai que Marjorie et Jessie sont des amies inséparables et qu'elles partagent toujours les mêmes sentiments. D'ailleurs, comment prendre vraiment les choses au sérieux la première journée des vacances?

— Je n'arrive pas à croire que tu pars pour la Californie ce soir, chuchoté-je à Diane Dubreuil.

Diane est ma demi-soeur (sa mère est mariée à mon père) et elle va visiter son père et son frère sur la côte Ouest.

— J'y crois à peine moi-même. Ce sera tellement merveilleux d'être à la maison. Je veux dire ma deuxième maison, ajoute-t-elle rapidement.

Sa deuxième maison? Je pense qu'il vaudrait mieux que je vous explique. Même si elle habite maintenant Nouville, Diane est une Californienne de coeur. Elle adore le soleil et l'océan, et se nourrit presque exclusivement d'aliments naturels. Elle est blonde, a les yeux bleus et ce genre de sourire qu'on voit habituellement dans les publicités de dentifrice. En plus d'être ma demi-soeur,

Diane est ma deuxième meilleure amie. (Christine Thomas est aussi ma meilleure amie.) Il y a eu un peu de jalousie lorsque Diane et moi sommes devenues des demi-soeurs. Christine semblait blessée que Diane et moi passions tant de temps ensemble, et j'ai dû lui assurer que cela n'affecterait jamais notre amitié.

Je viens de me rendre compte que je ne vous ai pas encore dit qui je suis. Voici donc une mini-biographie. Je m'appelle Anne-Marie Lapierre; j'ai treize ans et suis en secondaire II à l'école de Nouville. Contrairement à Diane, je n'ai pas le moindre cheveu blond; les miens sont bruns, ainsi que mes yeux, et je me considère comme une personne très ordinaire. Oh! j'allais oublier: j'ai un fantastique chaton gris nommé Tigrou.

— As-tu fait tes adieux à Louis? me demande Diane à voix basse.

— Je l'ai appelé hier soir.

Je savais que ce serait difficile de me séparer de Louis, aussi ai-je décidé de le faire rapidement par téléphone. Louis Brunet est mon petit ami, mais j'ai encore un peu de difficulté à m'habituer à cette idée. C'est le plus beau garçon que j'aie jamais vu. Il vient du Nouveau-Brunswick d'où il tient son petit accent acadien. Louis est un membre associé du CBS, ce qui veut dire qu'il n'assiste pas aux réunions, mais qu'il va quelquefois garder lorsque tous les autres membres sont occupés. (L'autre membre associé du Club est Chantal Chrétien, une amie de Christine.)

— Tu vas vraiment lui manquer, dit doucement Diane, mais j'imagine que c'est réciproque.

Je hoche la tête. Même si je vais passer deux magnifiques semaines à Sea City, cette belle plage du New Jersey, je sais que Louis va aussi beaucoup me manquer.

— À l'ordre! commande Christine.

Je fais le tour de la chambre du regard. C'est étonnant tout ce qui m'est arrivé d'agréable grâce au Club. Diane a la même sensation. Lorsque nous sommes devenues amies, tout juste après son arrivée à Nouville, j'ai demandé aux membres du Club si elle pouvait se joindre à nous. Un an plus tard, nous étions demi-soeurs. Mais vous vous demandez sûrement comment le Club a vu le jour.

Un après-midi, Christine s'est aperçue que sa mère avait énormément de difficultés à trouver une gardienne pour David, son jeune frère. Ni Christine ni ses deux frères aînés ne pouvaient le garder. Et madame Thomas avait beau faire appel sur appel, rien n'aboutissait. C'est là que Christine a eu sa brillante idée: pourquoi ne pas former un Club de baby-sitting pour résoudre ce genre de problème?

Voici comment notre Club fonctionne. Nous nous rencontrons les lundis, mercredis et vendredis, de dix-sept heures trente à dix-huit heures dans la chambre de Claudia Kishi. Pourquoi là? Parce que Claudia a sa propre ligne téléphonique. Toute personne qui a besoin d'une gardienne peut nous appeler à ces moments précis et elle est sûre d'atteindre sept gardiennes du coup. C'est une idée géniale et à la fois si simple que nous nous demandons pourquoi nous n'y avons pas pensé avant.

Christine est présidente, parce que le Club est son idée, et Claudia, vice-présidente, puisque sa chambre est devenue notre quartier général. Comme Sophie Ménard aime les chiffres, elle fait office de trésorière. Ma demi-soeur, Diane, est notre membre suppléant. Elle doit donc connaître toutes les tâches du Club afin de pouvoir remplacer l'une ou l'autre de nous qui serait absente.

Marjorie et Jessie sont toutes deux membres débutants. Comme elles n'ont que onze ans, elles ne peuvent garder qu'après l'école ou les fins de semaine, mais elles sont très responsables. (Elles n'ont aucune tâche précise dans le Club.) Marjorie et Jessie ont beaucoup en commun. Elles sont toutes deux l'aînée de leur famille respective, et les deux se plaignent que leurs parents les traitent en bébé.

C'est moi qui ai le travail le plus intéressant. (À mon avis.) Je suis la secrétaire du Club et responsable de l'agenda dans lequel j'inscris tous les rendez-vous avec nos clients et les gages que nous recevons. Je garde aussi un horaire de chacun des membres — je peux vous dire quel soir Jessie a ses leçons de ballet ou Christine, un exercice de balle molle — et je n'ai encore jamais fait d'erreurs dans la répartition du temps de chacune.

Je fouille d'ailleurs dans l'agenda lorsque Christine demande un compte rendu des finances à Sophie. Sophie a une allure très sophistiquée. Elle porte aujourd'hui un pantalon safari, une chemise imprimée genre « jungle » et une large ceinture de cuir qui doit avoir coûté deux mois d'argent de poche. Sophie est une vraie fille de la ville. Elle a grandi à Toronto, et lorsque sa famille a emménagé à Nouville, Claudia et elle se sont liées d'amitié et elle s'est jointe à notre Club. Sophie a l'air très décontractée, mais elle a aussi ses problèmes. Ses parents se sont

11

récemment séparés et son père habite toujours Toronto. De plus, elle souffre de diabète, une maladie qui l'oblige à suivre une diète sans sucre et à se faire quotidiennement des injections d'insuline.

— C'est à peu près tout, conclut Sophie à la fin de son rapport, puis elle se tourne vers moi. Est-ce que tu te rends compte où on sera demain à la même heure ?

— Et comment ! lancé-je. Sea City !

Christine fronce les sourcils.

— Je sais que tout le monde est excité avec tous les projets de vacances, mais pourrions-nous continuer la réunion ?

— Désolée, dis-je en tentant de prendre un air contrit, sans pouvoir m'empêcher de sourire d'une oreille à l'autre.

Sophie et moi allons passer deux semaines fantastiques au bord de la mer et j'ai hâte de partir ! Ce ne sont pas exactement des vacances (nous allons surveiller les enfants de la famille Picard, tout comme nous l'avons fait la dernière fois qu'ils sont allés à la mer), mais ce sera quand même magnifique. J'en suis certaine. J'essaie de me contenir parce que je sais que la famille de Christine n'a fait aucun projet. Christine restera donc à Nouville pour les prochaines semaines. On pourrait peut-être dire qu'elle est toujours en vacances puisqu'elle habite une maison sortie tout droit d'un film d'Hollywood. Elle habitait autrefois à côté de chez moi, mais lorsque sa mère s'est remariée avec un millionnaire nommé Guillaume Marchand, toute la famille Thomas est déménagée à l'autre bout de la ville. Les dimensions de la famille ont alors pris des proportions considérables. Guillaume avait déjà deux enfants adorables, qui passent maintenant une fin de semaine sur deux avec eux, et la mère de Christine et Guillaume viennent d'adopter Émilie, une ravissante petite Vietnamienne de deux ans.

Christine me rafraîchit impatiemment la mémoire.

— De quoi a l'air l'agenda, Anne-Marie ?

Christine aime bien tout planifier et ne jamais avoir de grosses surprises.

— Tu vas être très occupée, lui dis-je en tournant les pages. Bien sûr, tu auras Jessie pour te donner un coup de main. (La famille de Jessie n'a fait aucun plan de vacances.)

Jessie est une charmante fille noire qui habitait autrefois au New Jersey. Elle est en sixième année, tout comme Marjorie, et est une talentueuse danseuse de ballet. Elle a une soeur de huit ans qui s'appelle Becca, et un petit frère surnommé Jaja. Jessie peut faire face à n'importe quelle situation et nous en a donné la preuve en gardant toute une maisonnée d'animaux domestiques pendant une semaine entière.

— L'agenda indique des gardes intéressantes pour vous deux, continué-je.

— Je garde Charlotte Jasmin, dit Jessie en souriant. (Charlotte est un de nos enfants préférés.)

— Et moi, Jeanne Prieur, marmotte Christine.

Jeanne Prieur. Un nom qu'il suffit de prononcer pour que tout le monde se taise. Jeanne est le genre d'enfant qui nous enlève l'envie de garder, même si ce n'est pas réellement sa faute. Elle n'a que quatre ans, mais elle est en train de remporter le championnat d'enfant archigâtée.

— Ne crains rien, Christine, l'encourage Claudia.

Mais ne lui fais surtout pas manger de pizza si elle porte une de ses robes à froufrous.

— De la pizza! s'écrie Marjorie. Tu n'aurais pas dû en parler. Je meurs de faim!

Ces mots sont suivis d'un long borborygme qui s'échappe de son estomac. Gênée, elle pouffe de rire.

Claudia se penche sous son lit et en tire une boîte à chaussures.

— Servez-vous, dit-elle en ouvrant la boîte qui contient biscuits, bonbons et chocolats.

Nous savons toutes que Claudia cache des friandises sous son lit. Il y en a d'ailleurs partout dans sa chambre. Comme ses parents ne sont pas trop d'accord, elle « conserve » ses gâteries en sécurité. Soit dit en passant, Claudia est une fille très jolie; d'origine japonaise, elle a de beaux yeux en amande et une longue chevelure noire. C'est une véritable artiste et elle a une sœur qui est une vraie « bolée », Josée. (Claudia n'est pas ce qu'on appelle une élève brillante, aussi est-il fort heureux qu'elle excelle dans d'autres choses.)

— Anne-Marie, dit rêveusement Sophie, tu te rappelles la pizza de Sea City?

— Comment pourrais-je l'oublier? soupiré-je. Même le pepperoni est meilleur à Sea City.

— Et le *Burger Garden*? poursuit Sophie. Tu te rappelles ces fameux hamburgers?

— Bien sûr. Des hamburgers fourrés au fromage, au bacon, aux cornichons et à la sauce orange.

— De la sauce orange? Ouach! fait Jessie.

— Ce n'est pas ce que tu penses, lui dis-je. C'est juste qu'ils mélangent le ketchup et la moutarde. Les Picard adorent ça. Pas vrai, Marjorie?

— Ah, oui! approuve cette dernière.

Marjorie est l'aînée d'une famille de huit enfants; c'est pourquoi elle fait une si merveilleuse gardienne. La dernière fois que nous sommes allés à Sea City, elle était un peu jeune pour garder, et Sophie et moi avions la responsabilité de ses frères et soeurs. Maintenant qu'elle est plus âgée, ses parents ont décidé de la payer pour nous aider de temps à autre. Mais ils désirent avant tout qu'elle s'amuse et profite de ses vacances.

Chaque année, la famille de Marjorie loue une immense maison sur la plage. Il y a sûrement un million de choses à faire à Sea City, sans parler de la plage et de sa longue promenade de bois.

— Tu te rappelles le plaisir qu'on a eu à *Trampoline Land*? dit Sophie.

— Et le *Fred's Putt-Putt*! s'exclame Marjorie. J'adore le golf miniature. Et la grande roue et la manufacture de bonbons et le *Ice-Cream Palace*!

Christine a l'air quelque peu contrariée par tous ces souvenirs de voyage, aussi je décide de changer de sujet.

— Et chez toi, Claudia? Êtes-vous prêts à partir pour le Vermont?

— Oui, dit-elle à voix basse.

Ses yeux me disent qu'elle doit penser à Mimi, sa grand-mère. Cette dernière est décédée récemment et les vacances à la montagne ne seront pas les mêmes sans elle. Les Kishi ont même décidé de changer d'endroit de villégiature pour que les souvenirs ne soient pas trop pénibles.

— Je présume que la réunion est terminée, fait Christine comme à regret.

Je sais qu'elle est déçue parce que tout le monde part vers des destinations excitantes alors qu'elle et Jessie sont bloquées à Nouville.

— Je vais m'ennuyer de tout le monde! dis-je soudain.

Après tout, je ne verrai pas mes amies pendant deux longues semaines! Mais juste avant que mes yeux ne s'embuent (je pleure très facilement), Christine me touche l'épaule.

— Eh, n'ouvre pas les vannes. On va s'écrire!

— C'est vrai, mais ce n'est jamais pareil, dis-je en sentant une grosse boule se former dans ma gorge. Je vais vous envoyer des tonnes de cartes postales. Vous êtes mieux de me répondre! supplié-je.

— Bien sûr, promet Jessie. Christine et moi, nous vous parlerons de nos gardes.

— Et nous relaterons tout dans le journal de bord, continue Christine. (Le journal de bord est le cahier dans lequel nous rapportons ce qui arrive pendant chacune de nos gardes. Et croyez-moi, vous pouvez compter sur Christine pour penser aux affaires, même en de telles circonstances.)

Je déteste les adieux, aussi je ne me fais pas prier lorsque Sophie me pousse en dehors de la chambre.

— Amusez-vous bien! crie-t-elle par-dessus son épaule.

Diane et Marjorie ont déjà pris les devants et elles descendent l'escalier en trombe, impatientes de partir en vacances. Christine et Jessie ont l'air un peu tristes, dans la chambre de Claudia. Je sens mes yeux se mouiller.

— Allez, viens, Anne-Marie! s'écrie Sophie. Sea City nous attend.

16

Elle a raison. J'essuie une larme qui s'aventure sur ma joue. Pourquoi pleurer alors que les vacances sont là qui nous sourient?

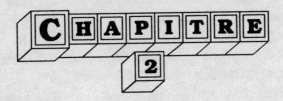

— Lequel préfères-tu ? Le rose ou le bleu ?

Diane vient de sortir de son tiroir deux bikinis qu'elle agite devant mes yeux.

— Hum… je les aime tous les deux.

— Anne-Marie ! Tu dois en aimer un plus que l'autre ! me lance Diane en se jetant sur son lit.

Nous sommes vendredi après-midi et on dirait qu'une tornade est passée dans la chambre de Diane. Elle fait sa valise pour partir en Californie. Elle pourrait faire une vente-débarras avec tous les vêtements éparpillés partout. Lorsque nos parents se sont mariés, nous avons commencé par partager la même chambre, mais ç'a été un désastre, et nous avons décidé d'occuper chacune notre chambre. Je regarde les vêtements en pile et je me rappelle alors pourquoi.

— Tu es jolie en rose *et* en bleu, dis-je, sur la défensive. Et ce n'est pas seulement par politesse que je dis ça. Mais pourquoi ne les apportes-tu pas tous les deux ? Tu peux avoir besoin d'un maillot de rechange.

— Mais j'en ai déjà six! Trois deux-pièces et trois maillots longs.

— Oh! dis-je en me sentant idiote.

C'est vrai que Diane s'habille d'une façon très individualiste, et pour elle un maillot de bain est plus qu'un vêtement pour nager. C'est un article de mode.

— Eh, mais je pense à quelque chose, dit-elle. J'ai un maillot qui t'irait à merveille. Tu sais, le vert métallique en filet, celui qui a toujours l'air mouillé?

— Non merci, dis-je rapidement. J'ai tout ce qu'il me faut.

J'ose à peine penser à ce que mon père dirait s'il savait que je songe à apporter un maillot en filet à Sea City! Même si papa s'est beaucoup assoupli ces derniers mois, il est resté très conservateur. C'est difficile à croire, mais il y a quelque temps, j'avais tellement de règlements à suivre que je me sentais comme dans l'armée. Je devais rentrer à vingt et une heures au plus tard, je devais me faire des tresses, et pire que tout, mon père choisissait mes vêtements à ma place. Je pense qu'une des raisons c'est que ma mère est morte lorsque je n'étais encore qu'un bébé, et que mon père a dû assumer les rôles de père et de mère. Heureusement, il a beaucoup changé, même s'il ne sera jamais aussi désinvolte que Susanne (la mère de Diane).

J'ai été la première amie de Diane lorsqu'elle est venue habiter à Nouville après le divorce de ses parents. Imaginez notre surprise lorsque nous avons découvert que sa mère et mon père étaient allés au collège ensemble, et qu'ils étaient même *amoureux* l'un de l'autre. Leur histoire est très romantique et un peu triste parce que même s'ils

19

s'aimaient, ils ont dû cesser de se fréquenter. Pourquoi? Parce que mon père ne plaisait pas aux grands-parents de Diane! De toute façon, des années plus tard, lorsque le destin les fit se rencontrer à nouveau, ils se sont rendu compte qu'ils s'aimaient toujours et décidèrent finalement de se marier. Nous avons alors tous emménagé dans la maison de Diane et, même si la situation était un peu tendue au début, tout le monde est maintenant heureux.

— Anne-Marie, j'ai de la lotion solaire pour toi, fait papa en frappant d'abord à la porte ouverte et en entrant, suivi de Susanne.

— Je te remercie, papa, mais j'en ai des tonnes.

J'ai appris ma leçon lors de mon dernier voyage à Sea City. Je ressemblais à un véritable homard. Pour une raison inconnue, je fais partie de ces gens qui ne bronzent *jamais*. Je passe simplement du blanc terne au rouge flamboyant, puis je pèle.

— Et avez-vous pensé au dentifrice, au shampoing et au papier à lettres? demande la mère de Diane. Je vous avais pourtant acheté quelque chose, ajoute-t-elle en fouillant dans la poche de sa salopette, mais je ne me rappelle plus quoi.

C'est très amusant lorsque Susanne essaie d'organiser et de contrôler, parce que c'est la femme la plus désordonnée que je connaisse. Si vous ne me croyez pas, il faut venir voir notre cuisine. La semaine dernière, j'ai trouvé un stylo avec la liste d'épicerie dans le réfrigérateur, et une tomate plus que mûre dans la corbeille à ouvrage. Je ne peux pas vous dire comment ces objets sont arrivés là, et je parie que Susanne non plus.

— Oh! là! là! fait-elle. Me croiriez-vous si je vous

disais que j'ai fait une liste de ce que chacune a besoin pour deux semaines?

Je la crois. Susanne est une maniaque des listes. Le problème, c'est qu'elle les perd cinq minutes après les avoir complétées.

— Ne t'inquiète pas, maman, la rassure Diane. Je suis toute prête. Il ne manque plus que mon séchoir à cheveux dans ma valise.

— C'est vrai que nous sommes prêtes, dis-je en voyant le regard désespéré de papa. La chambre ressemble à un désastre, mais tout est à sa place habituelle.

Une des raisons qui font que la chambre de Diane est si encombrée, c'est qu'elle est très petite. Toutes les pièces de la maison sont petites. C'était le style du temps. Je dois expliquer que la mère de Diane est déménagée à Nouville après son divorce, l'an passé. Elle a alors acheté une maison pour elle et ses deux enfants, Diane et son jeune frère Julien. Mais elle n'a pas acheté n'importe quoi. La maison de ferme, construite en 1795 et classée monument historique, possède même une grange. Elle ressemble à une grosse maison de poupée, l'endroit idéal pour un fantôme. Diane et sa mère l'adorent. Julien, son frère, n'aimait rien de Nouville, aussi est-il reparti vivre chez son père.

Mais revenons à Diane, assise sur sa malle pour essayer de la fermer.

— Je pense que ça y est, fait-elle, rouge de l'effort qu'elle a fourni.

Diane est habillée pour le voyage. Elle porte une jolie robe à fleurs et ses cheveux blonds sont retenus par des barrettes en perles.

— Bon, dit Susanne, prenons un souper rapide avant d'aller à l'aéroport. J'ai préparé quelque chose de spécial que vous adorez toutes les deux.

Papa et moi échangeons un regard. Ni lui ni moi n'aimons les mets végétariens autant que Diane et sa mère.

— Quelque chose de spécial? tenté-je.

Je meurs de faim et j'espère qu'elle n'a pas fait un de ses plats au tofu.

— Quelque chose que tout le monde aime, dit Susanne en passant son bras autour de ma taille. De la lasagne aux épinards, une salade verte et du pain à l'ail.

— C'est fantastique! m'écrié-je, soulagée.

— Et pour dessert, continue-t-elle, du tofu royal!

Il est près de dix-neuf heures lorsque nous arrivons à l'aéroport et je sens que Diane est nerveuse. Elle fait trois fois l'inventaire de son sac à main pendant que nous marchons de long en large.

— As-tu apporté des friandises pour le voyage? lui demandé-je.

— Bien sûr, me répond-elle. Des dattes, une pomme et deux tablettes granola. De plus, on nous donne de quoi bouffer en vol.

— Quelque chose qui goûte le carton, grimace Susanne.

— Mais non, ricane Diane. Quelque chose de très potable; j'ai vérifié. Anne-Marie, ajoute-t-elle en se tournant vers moi, je t'ai laissé ma nouvelle histoire de fantôme sur ton bureau. Et si tu veux écouter mes cassettes, elles sont dans la boîte à chaussures dans la penderie.

Je souris. Diane et moi n'avons pas exactement les mêmes goûts en musique, mais c'est bien gentil à elle de me l'offrir.

— Merci, dis-je lentement, avec un léger tremblement dans la voix.

C'est fou, mais Diane commence déjà à me manquer. Peut-être ressent-elle la même chose parce qu'elle ne me quitte pas des yeux.

— J'aurais aimé que tu viennes avec moi, Anne-Marie. Tu adorerais la Californie.

— Je vais en avoir plein les bras avec la famille Picard, dis-je en haussant les épaules.

— Oui, mais n'oublie surtout pas de prendre le temps de t'amuser.

On annonce le vol pour Los Angeles et Susanne entoure Diane de ses bras.

— Es-tu certaine de tout avoir? lui demande-t-elle pour la douzième fois. Tes billets, ton argent...

— Tout, maman, répond Diane.

Elles se ressemblent étrangement: chevelure blonde, yeux bleus, et toutes deux jolies.

Papa serre Diane, même si je pense qu'il se sent gêné de le faire. Papa a toujours eu l'air un peu maladroit avec les enfants, sans doute parce que je suis sa fille unique et que nous avons vécu seuls pendant tant d'années.

Les bras tendus, Diane se tourne vers moi. Les larmes me montent aux yeux.

— Oh! Diane! tu vas tellement me manquer!

— Toi aussi, fait-elle en me tapotant le dos. Je déteste les adieux, ajoute-t-elle en se dégageant. Ne me fais pas pleurer, s'il te plaît. Je ne voudrais pas monter à bord avec du mascara sur les joues!

— D'accord, dis-je en reniflant.

J'essaie de faire la brave, mais j'ai envie de pleurer à

chaudes larmes. Je ne peux pas croire que je vais perdre ma demi-sœur pour deux longues semaines.

— Envoie-moi des tonnes de cartes postales ! crie Diane en passant la barrière. Et raconte-moi *tout* !

— Oui, oui, dis-je, en me tamponnant les yeux.

— Elle sera de retour avant que tu aies eu le temps de t'apercevoir de son absence, me dit papa.

Encore un peu et je sens que je vais me remettre à pleurer. Ces deux semaines me paraissent soudain comme deux années.

Il m'est impossible de dormir, cette nuit. Je me tourne et me retourne dans mon lit, secouant mon oreiller et essayant d'imaginer ce que fera Diane en arrivant en Californie. Je la vois sirotant une limonade avec Julien et son père. Peut-être causent-ils ensemble sur la véranda. Diane m'a dit que la maison de son père est tout à fait spéciale avec ses planchers de carreaux en terre cuite et ses puits de lumière dans presque toutes les pièces. De plus, ils ont une bonne, qui s'occupe de la cuisine et des travaux du ménage.

Puis je me mets à penser à mon voyage à Sea City. Je repasse ma liste d'objets à emporter. Et je songe alors que ce n'est rien, comparé à tout le bazar que les Picard doivent apporter pour huit enfants. Imaginez : des seaux, des pelles, des ballons, des maillots de bain, des serviettes de plage, plus des tonnes de jouets pour les jours de pluie. Rien que d'y penser a dû m'épuiser, car je succombe au sommeil, la tête enfouie dans mon oreiller.

— Anne-Marie, nous allons être en retard !

— J'arrive, papa.

Je caresse une dernière fois mon chaton Tigrou, roulé

en boule sur le fauteuil du salon.

— Nous allons prendre bien soin de lui, me promet Susanne.

— Oh! j'en suis sûre.

Susanne n'est pas très entichée des chats, mais Tigrou est en train de la gagner.

Après avoir embrassé Susanne, je pars avec papa qui me dépose bientôt chez les Picard. Bon, un autre adieu à faire, me dis-je alors que papa achève de sortir mes bagages de l'auto.

— Prends bien soin de toi, me dit-il.

Je n'en suis pas certaine, mais je crois qu'il me serre un peu plus fort que d'habitude parce que je pars pour très longtemps. Tout se passe sans trop d'émotivité, cependant, car Claire, Margot et Nicolas sortent au même moment de la maison, des bagages plein les bras.

— Viens vite, Anne-Marie-le-pou-qui-pue, dit Claire. On s'en va!

Claire est la plus jeune des Picard et une incroyable taquine.

J'aide à remplir les deux autos (les Picard vont toujours à Sea City avec deux familiales et, à la dernière minute, Sophie arrive avec sa mère. Cette dernière semble bien triste et je sais que sa fille va lui manquer. Sophie est fille unique, tout comme moi pour papa. Mais madame Ménard sera toute seule pendant les deux prochaines semaines, alors que papa aura Susanne et Tigrou.

Nous décidons finalement qui occupera chaque véhicule. (Je monte avec madame Picard, Vanessa et les triplets, et Sophie fera le voyage avec monsieur Picard, Marjorie, Claire, Margot et Nicolas.)

À peine l'auto a-t-elle démarré que Vanessa lance :

— Attendez une minute. Nous avons oublié le hamster !

— Vanessa, c'est Jessie qui va s'en occuper chez elle, tu te rappelles ? dit madame Picard.

Jessie a elle-même un hamster appelé Moustique et elle connaît les soins à donner à ces bêtes.

— Oh, oui, c'est vrai ! fait Vanessa, avec un soupir de soulagement.

— Maintenant, s'il n'y a plus aucun problème, c'est…

— C'est… parti ! crient les triplets d'une même voix, alors que la familiale file vers l'autoroute des vacances.

CHAPITRE 3

Samedi

Salut, Christine !

Nous sommes enfin à Sea City, mais je me sens comme si j'avais survécu à un cataclysme — quelque chose du genre tremblement de terre ou ouragan. J'imagine que c'est ce que produit un voyage en auto avec plein d'enfants. Vanessa a récité des poèmes tout le long, les triplets ont tenu un concours de vitesse avec Nicolas, qui voyageait avec Sophie, et Claire nous a fait la peur de notre vie. Je me demande ce qui nous attend !

À plus tard,
Anne-Marie

27

Savez-vous exactement combien de mots riment avec chat? Moi, je le sais. Vanessa les a tous utilisés pendant notre voyage à la mer. Vanessa a neuf ans et veut devenir poétesse. Je devrais plutôt dire qu'elle l'est déjà, parce qu'elle compose des poèmes sans arrêt. Et vous savez que ça peut être contagieux, parce que je me suis mise à faire la même chose depuis que je suis près d'elle !

Nous étions à peine sortis de Nouville lorsque tout a commencé. Vanessa et moi étions assises à l'avant avec madame Picard, et les triplets de dix ans, Bernard, Joël et Antoine, occupaient la banquette arrière.

— Est-ce qu'on peut arrêter acheter des beignets? crie Antoine. Il y a un endroit juste devant.

— Sûrement pas, répond madame Picard. Nous nous arrêterons au même restaurant, à mi-chemin du voyage, comme d'habitude.

— Oh, maman !… gémit Antoine. Nous sommes morts de faim.

— Antoine, ne sois pas si détestable. Ce n'est pas le temps de passer à table, déclame Vanessa, très fière d'elle.

Oh, non ! nous y voilà, pensé-je.

— Allons, Antoine, tu peux bien tenir encore une heure, dis-je, encourageante.

— Mais oui, continue Vanessa. C'est un tout petit voyage, et tu seras bientôt sur la plage.

Joël se bouche les oreilles, mais elle n'en fait aucun cas.

— Une journée à la mer est aussi fraîche qu'une bière. Vive les vagues qui dansent, pour le plaisir de nos vacances. Un séjour à l'océan, c'est comme un…

Elle s'arrête, temporairement à court de mots.

— Maman! hurle Bernard. Dis-lui de cesser. Elle me rend fou!

Madame Picard sourit tout en secouant la tête. Je dois dire que les Picard ont des idées très libérales en ce qui a trait à l'éducation des enfants. (Tout à l'opposé de celles de mon père.) Les enfants Picard ont la permission de faire à peu près tout ce qu'ils veulent, dans les limites du raisonnable. Ils ne sont pas obligés de manger les aliments qu'ils n'aiment pas, et ils peuvent rester éveillés jusqu'à une heure avancée, pourvu qu'ils soient dans leur lit. Madame Picard ne dira jamais à Vanessa de cesser de faire des poèmes, parce qu'elle pense que les enfants devraient avoir le droit de s'exprimer.

— Vanessa, dis-je gentiment, je pense que tes frères dépriment de t'entendre faire des... (J'ai failli dire des rimes.)

— Faire des?... demande-t-elle en souriant.

— Des... des poèmes.

— Mais il n'y a rien d'autre à faire, comment pourrais-je me taire?

— Vanessa! la menace Joël de la banquette arrière.

— Oui, oui, dis-je rapidement. Jouons à un jeu...

— Mais ce n'est pas ce qu'il y a de mieux, lance Vanessa.

Je soupire. C'est une bataille perdue d'avance.

— Eh, j'en ai une, crie Antoine. Écoutez ça! Vanessa a la langue bien pendue, et j'ai très hâte d'être rendu.

Vanessa se retourne et lui tire la langue. Je ne pense pas qu'elle aime se faire voler la vedette par son frère.

— Ha! Tu es une poétesse, mais tu manques d'adresse! enchaîne Joël pour la taquiner.

Je suis sur le point de suggérer un jeu d'observation lorsque monsieur Picard nous double.

— C'est papa! s'exclame Vanessa.

Monsieur Picard klaxonne et Nicolas, huit ans, nous fait une de ces grimaces dégoûtantes par la vitre.

— Ouach! crie Joël alors que monsieur Picard accélère. Rendons-lui sa grimace!

— Il est trop tard, mais si nous nous dépêchons, nous l'aurons la prochaine fois.

Antoine attrape un bloc de papier que j'avais mis dans un sac de voyage.

— Vite! Quelqu'un a un crayon-feutre?

— Écris quelque chose de vraiment terrible! dit Bernard en riant tout en fouillant dans la boîte de jeux.

— Hum, je ne suis pas certaine que ce soit une très bonne idée, dis-je.

Je pense qu'il faut que j'intervienne puisque madame Picard fredonne tout en surveillant la route. Elle ne semble pas du tout concernée par le fait que les triplets projettent une guerre en règle!

Antoine fronce les sourcils, attendant l'inspiration. Puis il sourit d'un air malin, et il écrit: Batman a une Cervelle d'Oiseau.

— Batman a une Cervelle d'Oiseau? dis-je en regardant Antoine. Je ne la comprends pas.

Je remarque cependant que l'automobile de madame Picard rejoint celle de son mari et que les deux véhicules seront côte à côte dans une minute.

— Nicolas est si fier de son nouveau t-shirt de Batman qu'il le porte jour et nuit, s'esclaffe Antoine.

— Ouais, ajoute Bernard, il l'a acheté avec son propre argent et il se prend pour un autre.

— Il va changer d'idée quand il verra notre affiche ! s'écrie joyeusement Joël.

Joël a raison. Nicolas est furieux. Il aperçoit l'affiche, jette un regard sur son t-shirt et son visage devient rouge betterave. Il nous montre son poing au moment où on les double.

Les triplets sont pratiquement tordus de rire. Je tente désespérément de trouver quelque chose pour leur changer les idées. Pendant quelques minutes, ils refusent tous les jeux que je leur propose.

Ils exhibent l'affiche au moins cinq autres fois pendant l'heure qui suit — toutes les fois que les deux automobiles se doublent. Nicolas est tellement furieux que je m'attends à lui voir sortir la fumée par les oreilles.

Nous arrivons enfin à la moitié du trajet.

— Nous y voilà ! lance joyeusement madame Picard.

Je n'ai jamais été aussi heureuse de me retrouver dans un restaurant. Tout le monde sort en catastrophe des autos et, après une visite rapide aux toilettes, nous nous rencontrons au comptoir. Sophie et Marjorie commandent des cornets de crème glacée pour Margot et Claire, alors que Nicolas n'a pas encore fait son choix.

— Prends-en un aux cerises, me suggère Marjorie. Ou aux pépites de chocolat.

— Ne prends pas aux raisins, dit Margot. Ça ressemble à des mouches collées dans la crème glacée.

Sophie et moi emmenons les enfants dans l'aire de pique-nique pendant que monsieur et madame Picard boivent un café au comptoir. Sophie est la seule qui n'a pas de glace, à cause de son diabète. Elle se contente d'une pomme qu'elle mord à belles dents.

— Quelle excursion ! fait-elle en soupirant. Heureusement que Nicolas ne voyage pas avec les triplets, car ce serait la Troisième Guerre mondiale.

Je hoche la tête. Pour une raison inconnue, Nicolas et les triplets se chamaillent à propos de *tout*, et je remarque que Nicolas s'assoit le plus loin possible de ses frères.

Monsieur et madame Picard viennent nous rejoindre en finissant de siroter leur café. Ils s'installent à la table de Marjorie et des triplets.

Sophie est assise dans le gazon. Quelques personnes nous regardent curieusement, se demandant sans doute si nous faisons partie de la grande famille Picard. Je jette un oeil aux deux tables à pique-nique et il me semble que quelque chose ne va pas. Mais quoi ?

Je compte rapidement et j'arrive à onze. *Onze ?* On devrait être douze : les huit enfants, monsieur et madame Picard, Sophie et moi.

— Oh, non ! marmonné-je.

— Qu'est-ce qu'il y a ? demande Sophie en s'étirant paresseusement comme un chat.

— Sophie, dis-je, sans quitter les enfants des yeux, il manque quelqu'un.

— Es-tu certaine ? fait-elle en se redressant.

Elle compte à son tour sans attendre ma réponse.

— J'en suis sûre. Il y a les triplets, Marjorie, Vanessa, Nicolas et Margot... et pas de Claire, ajouté-je tout bas.

— Où est Claire ? demande soudain madame Picard.

— Je me posais justement la même question, dis-je alors que Sophie saute sur ses pieds. Eh, les enfants, l'avez-vous vue ?

Les triplets font signe que non et madame Picard

regarde avec anxiété vers le parc de stationnement.

— Elle est peut-être retournée à l'auto, fait-elle à haute voix.

Je sais qu'elle s'inquiète vraiment, même si elle tente de le cacher.

Monsieur Picard intervient.

— Je vais voir à l'auto. Sophie, va donc jeter un coup d'oeil au terrain de jeux. (Il y a quelques balançoires de l'autre côté du restaurant.)

— Je retourne à l'intérieur, dis-je soudain. Elle est peut-être aux toilettes.

Monsieur Picard hoche la tête tout en se dirigeant vers les autos. Claire n'a que cinq ans et, à cet âge, les enfants ne devraient jamais être sans surveillance, même pour une minute.

J'inspecte rapidement la salle des toilettes, mais j'ai beau me plier en deux pour regarder sous toutes les portes, rien ! Je m'apprête à retourner dehors lorsque je l'aperçois qui tourne sur un tabouret du comptoir.

— Claire ! m'écrié-je en me précipitant vers elle. Nous pensions que tu avais disparu.

Je la serre dans mes bras, le coeur battant.

— Je ne suis pas disparue, dit-elle sérieusement. Je suis ici. Ma boule de crème glacée est tombée et je suis venue en chercher d'autre, fait-elle en tendant son cornet vide à l'employé.

— Nous allons arranger ça, dit le garçon en souriant. À quelle essence veux-tu ?

— Vanille, s'il vous plaît.

— Tiens-le bien cette fois, dit-il en lui donnant un nouveau cornet.

Nous sortons du restaurant au moment où monsieur et madame Picard y entrent. Ils prennent Claire dans leurs bras et la serrent, tout comme je viens de le faire.

Nous nous empilons une deuxième fois dans les autos, et quelques rimes plus tard, Vanessa hurle de joie.

— Voici l'affiche de la vache ! lance-t-elle en oubliant de faire une rime.

— Et voilà le restaurant de fruits de mer, crie Joël à son tour après quelques minutes.

C'est un restaurant en banlieue de Sea City.

— Et la petite fille bronzée ! crient d'une même voix Antoine et Bernard.

C'est aussi une des affiches que les enfants surveillent toujours.

— Et *voilà* Sea City !

Nous y sommes, me dis-je. Je commence à me détendre, puis je me ressaisis. Qui sait ce qui nous attend !

CHAPITRE 4

Samedi

Chère Diane,

Ça prendrait presque un livre pour te raconter notre voyage jusqu'ici, mais laisse-moi te dire que ç'a été toute une aventure. Les enfants sont vraiment excités d'être de nouveau à Sea City, et moi aussi. Même si toi et les autres me manquez beaucoup (et une certaine personne qui porte les initiales L.B.) je pense que je vais bien m'amuser. Nous aurons un tas de choses à nous raconter. Je parie que tu es déjà bronzée !

À bientôt
Anne-Marie

— Ils ont laissé la balançoire! dit Antoine en se jetant sur les coussins.

— Le chèvrefeuille est en fleurs, comme la dernière fois, fait rêveusement Vanessa en plongeant son nez dans un bouquet.

— Ça va, les jeunes, dit fermement monsieur Picard. Je sais que vous avez envie de faire le tour de la place, mais que devons-nous faire avant toute chose?

— Dépaqueter? suggère Nicolas.

Monsieur Picard fait signe que oui malgré les grognements.

Je prends une grande bouffée d'air salin pendant que madame Picard déverrouille la porte avant de la maison. Les Picard la louent année après année et elle ressemble un peu à la maison de Hansel et Gretel, une grosse maison de pain d'épices de style victorien. Elle est peinte en jaune avec des moulures blanches. Ce qu'il y a de mieux c'est une grande véranda où l'on peut s'asseoir pendant des heures pour regarder l'océan (quand on n'est pas occupé à courir derrière huit enfants). Les Picard l'adorent parce que la plage est juste devant.

Après avoir aidé à sortir les bagages, Sophie et moi grimpons dans la chambre jaune de l'étage que nous avons déjà partagée la dernière fois. C'est très vieux (peut-être trop pour Sophie) et il y a deux gros lits de bois, un plancher de bois nu et du papier peint à fleurs jaunes. La fenêtre offre une vue imprenable sur la mer et je reste à l'admirer quelques minutes avant de défaire ma valise. J'aperçois un sauveteur qui parle avec des enfants qui s'amusent dans l'eau, et je pense alors à l'autre sauveteur rencontré l'an dernier. Il s'appelait Scott, et Sophie était amoureuse de lui. Malheureusement, il était beaucoup plus âgé qu'elle (j'avais pourtant essayé de le lui faire comprendre) et, de plus, il s'intéressait à une autre fille.

Sophie doit avoir lu dans mes pensées car elle vient vite me rejoindre à la fenêtre, observant le petit groupe sur la plage.

— Grâce au ciel, j'ai un peu vieilli depuis la dernière fois, dit-elle après une minute.

— Tu dois admettre que c'était des vacances intéressantes.

— Intéressantes ! crie Sophie en se jetant sur son lit. Je ne peux pas croire à quel point j'ai fait l'idiote pour ce Scott. Mais ce ne fut pas un échec total puisque tu as rencontré Alex, et moi, Tobie.

— C'est vrai, dis-je en m'assoyant près d'elle. Crois-tu qu'ils ont pensé à nous ?

Sophie enroule une mèche de cheveux sur son doigt et fronce les sourcils.

— Peut-être une fois de temps à autre. N'empêche que Tobie était réellement beau, non ?

Je fais signe que oui. Tobie était un garçon du genre de Sophie, tout à fait « cool », mais je préférais Alex. Il était le premier baby-sitter que je rencontrais ! Il s'avait s'y prendre avec les enfants, et nous nous sommes plu dès le départ.

— Qu'est devenue cette bague qu'Alex t'avait donnée ?

Alex et moi avions échangé des anneaux lors de notre dernière soirée à Sea City, mais il n'y avait rien de sérieux entre nous. (Je ne connaissais pas Louis à cette époque.) Nous les avions fait graver pour cinq dollars. Alex a une bague avec mes initiales et j'en ai une avec les siennes.

— Je ne sais pas trop. Elle doit être quelque part au fond d'un tiroir de ma commode.

— Je pensais que tu dormais avec toutes les nuits, dit Sophie en faisant mine d'être indignée.

Je sais qu'elle me taquine. Je ne pense plus à Alex d'une façon romanesque, surtout depuis que j'ai rencontré Louis. Je pense qu'Alex a quand même joué un rôle important dans ma vie, parce qu'il était le premier garçon qui m'intéressait.

— Ce serait amusant qu'Alex et Tobie soient de nouveau dans les parages.

Je n'ai pas la chance de répondre à Sophie parce que Claire bondit dans notre chambre et se précipite sur moi.

— Pouvons-nous aller à la plage, s'il te plaît, s'il te plaît, Anne-Marie-le-pou-qui-pue?

— Nous devons d'abord finir de ranger, lui dis-je.

Le visage de Claire se transforme soudain en masque de tragédie, puis il s'illumine.

— Est-ce que je peux t'aider? demande-t-elle.

Elle prend un de mes t-shirts et le tend devant sa poitrine. Il lui va jusqu'aux genoux.

— La meilleure façon de nous aider, c'est de retourner dans ta chambre et de demander à Marjorie de trouver ton maillot de bain et ta serviette de plage. Puis, quand tu seras habillée — et ta valise rangée — nous attaquerons la plage.

— Promis?

— Promis.

Cela semble la satisfaire puisqu'elle pousse un petit cri de joie avant de quitter notre chambre.

Je devrais expliquer la disposition des chambres.

Claire et Margot dorment ensemble, Vanessa et Marjorie partagent une chambre rose, et Sophie et moi avons la chambre jaune. Les garçons ont une grande chambre au bout du corridor. Au-dessus de nous, il y a une autre chambre avec un banc sous la fenêtre. C'est l'un de mes endroits favoris (ainsi qu'à Marjorie), et nous avons déjà observé un violent orage de cet endroit, elle et moi. C'était fascinant !

Cela nous prend environ une demi-heure à tout ranger, surtout parce que Sophie et moi n'arrêtons pas de nous rappeler les incidents drôles qui sont survenus avec Alex, Tobie et Scott. En fait, ce qui est arrivé avec Scott n'était pas vraiment drôle (Sophie l'avait vu embrasser une jeune fille et avait éclaté en sanglots), mais c'est maintenant chose du passé.

— Comment te sentiras-tu si tu vois Scott à la plage ?

— Je ne le sais pas, me répond-elle en riant, mais je n'irai sûrement pas lui acheter du chocolat.

Je sais que tout ira bien. Il faut dire qu'elle lui avait acheté une grosse boîte de chocolats juste avant de l'apercevoir avec la fille. Quel scénario !

Marjorie passe sa tête par la porte comme je finis de me préparer pour la plage. Ses yeux s'arrondissent.

— Anne-Marie, on dirait que tu pars pour le désert du Sahara.

Comme je l'ai déjà dit, le soleil me brûle facilement, aussi dois-je recouvrir chaque centimètre carré de peau d'un bon écran solaire… même les jours sombres.

— C'est mon écran solaire, si tu te rappelles, lui dis-je, un peu sur la défensive.

Je porte aussi une cape qui flotte autour de mon corps

comme une tente. Et pour m'assurer que les rayons ne m'atteindront pas, je mets de grosses lunettes de soleil, un chapeau de paille et je couvre mon nez d'une crème spéciale.

Sophie et Marjorie échangent un regard et je sais qu'elles essaient de ne pas pouffer de rire.

— Es-tu sûre d'avoir besoin de tout ça? demande Sophie. Il est un peu tard aujourd'hui pour que le soleil te fasse du mal.

Je me regarde dans le miroir. C'est vrai que j'ai l'air un peu étrange, mais je ne veux prendre aucun risque.

— Je suis prête, Anne-Marie-le-pou-qui-pue! lance Claire, vêtue d'un maillot rouge et gigotant comme un jeune chiot.

— Allons-y, dis-je en lui prenant la main.

Nous rencontrons les triplets et Margot dans le corridor, et je me mets machinalement à compter les têtes tout en descendant l'escalier.

— Où est Vanessa? (Après la peur que nous a faite Claire, je ne prends plus aucun risque.)

— Je suis ici! lance cette dernière de la véranda.

Vanessa est recroquevillée dans un fauteuil, un cahier sur les genoux. Son expression est rêveuse, elle est comme perdue dans ses pensées.

— C'est l'heure de la baignade! dis-je en passant ma main dans ses cheveux.

— J'irai dans quelques minutes, dit-elle en souriant. J'ai quelque chose à finir.

Sophie fronce les sourcils. Vanessa est habituellement la première à plonger dans les vagues et ne se plaint jamais, même quand l'eau est glacée.

— Je vous rattrape bientôt, promis.

— Bon, dis-je, mais n'attends pas trop parce que le soleil va bientôt se coucher.

— Où va-t-il? demande Claire en attrapant ma main et en me tirant vers la plage.

Je pense encore à Vanessa tout en me demandant si elle ne nous cache pas quelque chose.

— Où va quoi?

— Mais le soleil! fait Claire. Où va-t-il se coucher?

— Oh!

— Derrière un nuage? suggère Sophie.

— Bonne réponse, dis-je du même ton qu'un animateur de jeu télévisé.

— À votre service! fait Sophie en riant.

CHAPITRE 5

Dimanche

Cher Louis,

Sea City est fantastique. La plage est merveilleuse (même si je m'enveloppe comme une momie pour éviter le soleil). La température est idéale et les enfants s'entendent à merveille. Je pense que ce sera l'été des vacances parfaites. Tu adorerais les partager avec moi! Comment vont les choses à Nouville? Si tu vois Tigrou assis dans la fenêtre du salon, salue-le pour moi. Tu me manques beaucoup.

OxOxOxOxO

Anne-Marie

Vous ne pourrez jamais croire combien de temps il m'a fallu pour écrire cette carte à Louis. Vous auriez pensé que c'était un examen final à l'école. C'est qu'il faut que je trouve le ton parfait, comme dirait mon prof de français. Je dois être drôle (je pense que le passage de la momie est bien), et je dois avoir l'air de m'amuser. Bien entendu, je veux que Louis sache que je m'amuserais encore plus s'il était avec moi. Vous voyez dans quelle situation je me trouve. Je ne veux pas que Louis pense que je m'ennuie sans lui, mais je ne veux pas non plus qu'il pense que je suis tout à fait indifférente. Quel dilemme !

Je cache la carte postale sous une pile de linge au fond de mon tiroir avant de me coucher, samedi soir. Lorsque je me réveille, dimanche matin, je découvre que tout ce que j'ai dit au sujet de la température est totalement faux. Il ne fait pas soleil et la mer est maussade. Le ciel est d'un gris terne, comme si quelqu'un l'avait peint durant la nuit. Je pense que c'est très déprimant, même si je sais que certains aiment bien les journées de plage venteuses et fraîches.

Le déjeuner est très agité, comme d'habitude. Monsieur Picard tourne les crêpes dans ce qui m'apparaît comme le plus gros poêlon du monde, alors que Marjorie prépare une quantité phénoménale de jus d'orange. Vanessa tartine des montagnes de tranches de pain aux raisins, et moi, je fais cuire le bacon. Sophie supervise les triplets qui dressent le couvert. C'est incroyable la planification qu'il faut pour préparer le déjeuner de douze personnes. Heureusement, madame Picard a un sens de l'organisation incroyable (contrairement à ma belle-mère) et garde la situation bien en main.

— Je pense que ce sera nuageux tout l'avant-midi, annonce-t-elle justement en jetant un coup d'oeil au journal. Qu'allez-vous faire, les enfants ?

— La plage ! crie Antoine. Quoi d'autre ?

Il engloutit une pile de crêpes, l'une après l'autre. Il a mis son maillot de bain en se levant.

— Pas la plage, gémit Marjorie. Il n'y a pas de soleil.

— Ce n'est pas grave, dit Vanessa.

— Oui, ça l'est, reprend Marjorie. Je veux bronzer. Je vais peut-être même trouver un beau garçon à qui ça va plaire.

— Il n'y a que les filles qui pensent au bronzage, dit Joël. On va faire de la plongée aujourd'hui. Pas vrai, les gars ? (Il a déjà ses lunettes de plongée et un tuba sur les genoux.)

— Ah, oui ? fait Nicolas.

— Je veux parler d'Antoine et de Bernard, reprend vite Joël. Tu peux jouer avec Claire et Margot. Allez donc faire un tour en ville.

— C'est une bonne idée, approuve Vanessa. Nous pourrions nous diviser en deux groupes et, de cette façon, tout le monde ferait ce qu'il aime. Veux-tu nous emmener à Sea City, Anne-Marie ?

Je regarde madame Picard qui hoche la tête.

— Si Sophie accepte d'emmener les garçons à la plage.

Marjorie, les filles et moi partons une demi-heure plus tard (après avoir réussi à convaincre les triplets de laisser Nicolas se joindre à eux). Madame Picard nous donne une liste d'épicerie où nous nous arrêterons à la fin de notre promenade. Nous marchons en essayant de nous rappeler tous nos endroits préférés.

44

— Regarde, c'est Gurber Garden! lance Claire, la plus belle place du monde.

Gurber Garden est en réalité *Burger Garden*, l'endroit où l'on mange les meilleurs hamburgers. (Claire n'arrive jamais à le prononcer correctement.) C'est un restaurant amusant; on s'assoit sur des bancs en forme de champignons et les employés sont déguisés en animaux. Comment résister à un endroit où une souris nous sert à manger?

— Je croyais pourtant que tu préférais le *Ice-Cream Palace*, la taquine Marjorie.

Claire réfléchit quelques secondes, puis elle dit:

— Est-ce qu'on peut avoir deux endroits favoris?

— Je ne vois pas ce qui t'en empêcherait.

Nous mettons plus d'une heure à faire le tour de tous les endroits familiers. Nous nous arrêtons au *Candy Kitchen*, le paradis du bonbon, et nous nous léchons les babines devant du fudge à la guimauve qui sort tout juste du four. La senteur du chocolat est tellement alléchante que nous pensons nous évanouir, mais nous gardons notre argent pour des glaces.

Après un coup d'oeil au *Fred's Putt-Putt Course*, le golf miniature, et à *Hercules*, le restaurant de hot-dogs longs comme le bras, nous nous retrouvons à côté de la boutique de souvenirs. Il y a des allées complètes de t-shirts de Sea City et des étagères remplies de tasses, de visières, de chapeaux de paille et de serviettes de plage. Chaque article de cette boutique porte des étiquettes de «Sea City» collées un peu partout. J'aimerais jeter un coup d'oeil aux cartes postales, mais je sais que les enfants ont la bougeotte.

— Qu'est-ce qu'on fait? demande Marjorie en sentant bien, elle aussi, que ses soeurs sont impatientes de repartir.

— Nous pouvons marcher jusqu'à la salle de jeux électroniques, dis-je, ou nous pouvons garder notre argent pour une autre journée et aller...

— Au *Ice-Cream Palace!* crient Claire et Margot en choeur.

— Oui! lance Vanessa, les deux bras en l'air pour marquer son assentiment.

— Allons-y alors, dit Marjorie.

Je ne suis pas certaine que le *Ice-Cream Palace* ait la meilleure crème glacée au monde, mais on le dirait.

Ça prend toujours un temps interminable aux petites pour faire leur choix. Je me décide pour une glace double au chocolat, guimauve et arachides. Marjorie choisit une coupe glacée à la framboise. Mais Margot, Claire et Vanessa changent et rechangent d'idée pendant près de dix minutes avant de se décider. Ce sera finalement un lait frappé au chocolat pour Claire, et des coupes glacées au chocolat fondant pour Vanessa et Margot.

Pendant que le garçon prépare notre commande, je remarque qu'il lorgne souvent Marjorie ou Vanessa du coin de l'oeil. Il a environ douze ans, les yeux noirs, les cheveux noirs et bouclés, et je m'aperçois que Vanessa le regarde aussi très souvent. Du moins je le crois, bien qu'elle agisse tellement bizarrement ces temps-ci. Quelquefois, elle prend un air lunatique, comme si elle faisait des poèmes dans sa tête.

Plus tard, lorsque le garçon se penche pour servir Claire, je peux lire son nom inscrit sur son uniforme: il s'appelle Chris.

— Miam, dit Claire en attrapant son lait frappé.

Puis l'irréparable arrive. Une seconde avant, Claire a son gros verre dans les mains, une seconde après, elle nage dans le chocolat.

— Oh, non! marmonne-t-elle, les yeux rivés sur ses vêtements dégoulinants.

— Ne t'inquiète pas, lui dit Marjorie en s'emparant d'un rouleau d'essuie-tout. Ça partira avec un peu…

Elle n'arrive pas à finir sa phrase, car à l'instant même où elle met la main sur les essuie-tout, Chris se penche pour faire la même chose et c'est la collision. Un vrai film comique.

— Zut, je suis désolé, fait Chris.

— Ouaaaaa! Je veux un autre lait frappé, pleurniche Claire pour attirer l'attention.

— Ne pleure pas, tu vas en avoir un tout de suite, lui dis-je pour la calmer.

Chris retourne préparer notre commande pendant que Marjorie et moi essuyons Claire. Finalement tout le monde est servi, et j'attaque mon assiette de crème glacée.

Je n'en ai pris que deux bouchées lorsqu'un second désastre se produit. Chris ajoute de la crème fouettée à la coupe glacée de Marjorie tout en tournant la tête de notre côté. Il n'aurait pas pu choisir un plus mauvais moment. La machine à crème fouettée s'emballe! Au lieu de distribuer la crème en petits jets uniformes, elle projette des flocons gros comme des balles de tennis… sans s'arrêter.

— Oh, non! fait Chris en cherchant une serviette.

La coupe disparaît maintenant sous une montagne blanche. La crème fouettée s'étend partout sur le comptoir, et une mare est en train de se former sur le plancher.

— Ferme la machine ! crie quelqu'un. Débranche-la du mur !

Sans trop comprendre ce qui lui arrive, Chris arrache désespérément la fiche au moment où un torrent de crème engloutit une boîte de serviettes de table.

— Oh ! là ! là ! je ne sais pas ce qui s'est passé, dit-il, visiblement secoué.

Margot et Vanessa gloussent alors que Claire rit aux éclats. Mais Marjorie semble un peu décontenancée.

— Ça va, dis-je en souhaitant que nous ne soyons jamais passées au *Ice-Cream Palace*.

Nous attendons pendant que Chris prépare une autre coupe glacée que nous emporterons dehors. (J'ai décidé de ne pas rester assise là une minute de plus.) Je remarque alors que Vanessa semble très contrariée.

— Qu'est-ce qu'il y a ? Ce n'était pas ta faute.

— Je sais, dit-elle d'une voix tremblante, comme si elle allait fondre en larmes.

Qu'est-ce qui se passe ? Pourquoi Vanessa se croit-elle responsable de tous les problèmes de Chris ? Je n'ai pas le temps d'y penser plus longtemps parce que tout le monde nous regarde et que j'ai très hâte de sortir. Dès que Marjorie a sa coupe glacée, nous entraînons Margot, Claire et Vanessa vers la porte. Je laisse mon assiette de crème glacée sur le comptoir, mais ça m'est égal. Pour une raison que j'ignore, j'ai complètement perdu le goût pour la crème glacée.

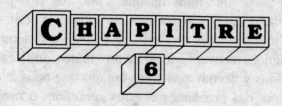

CHAPITRE 6

Lundi

J'alerte tout le monde. J'ai gardé les garçons Robitaille aujourd'hui et Jérôme n'a pas changé une miette. On devrait nous fournir un manuel d'instructions avec ce garçon! Nous avons passé la journée à la piscine, ce qui semble sans danger au premier abord. Tout ce qui peut arriver de mal est arrivé à cause de vous savez qui. Pauvre Jérôme! Mais ce n'est pas entièrement de sa faute, c'est un désastre ambulant! Tous les membres du CBS devraient être sur leurs gardes. Jérôme représente un danger pour la santé...

Ce sont des occasions comme celles-là qui nous font prendre conscience de l'importance du journal de bord du CBS. Le journal de bord est très différent de l'agenda. Nous avons toutes l'obligation d'écrire un petit résumé de chaque garde que nous faisons. Puis, une fois par semaine, nous devons lire ce que les autres ont écrit. C'est encore une des idées de Christine et, même si nous nous en plaignons souvent, nous savons toutes qu'il est très utile. Nous y découvrons si les enfants que nous avons à garder ont des problèmes et nous apprenons à maîtriser certaines situations (comme le problème de Christine avec Jérôme Robitaille). La tenue d'un journal de bord est une des quelques règles du CBS.

La journée de Christine avec les Robitaille débute tout simplement. (Évidemment, les ouragans et les inondations commencent tout aussi innocemment.) Christine est heureuse de prendre le travail, parce qu'elle s'ennuie un peu à Nouville. Comment pourrait-elle deviner qu'une journée à la piscine publique se transformera en un drame d'horreur?

— Es-tu certaine de n'avoir rien oublié? lui demande madame Robitaille.

L'auto est stationnée devant l'entrée de la piscine alors que Christine et les garçons en descendent. Il y a Augustin (quatre ans), Jérôme (sept ans) et Stéphane (neuf ans). Les trois garçons ont une chevelure flamboyante et le visage parsemé de taches de rousseur.

Après une vérification rapide, Christine rassure madame Robitaille qui repart aussitôt. Les garçons portent les serviettes, la lotion solaire et l'argent du dîner.

— Nous n'avons pas Hilda, se plaint Augustin. (Hilda

est un jouet vert gonflable qui ressemble au monstre du loch Ness.)

— Tu sais que tu ne peux pas apporter Hilda à la piscine, lui explique Christine. On ne le permet pas parce que les jouets gonflables prennent trop d'espace.

— Ils sont faits seulement pour les bébés, dit fermement Stéphane.

— Non! C'est pas vrai! crie Augustin dont la colère fait ressortir les taches de rousseur sur sa peau blanche.

Stéphane hausse les épaules, décidant probablement que ça ne vaut pas la peine de poursuivre la discussion. Qui a envie de se quereller lorsqu'une belle journée de piscine nous attend?

La piscine occupe beaucoup plus d'espace qu'il n'y paraît de l'extérieur. En fait, il y a trois piscines — une piscine olympique, une barboteuse et un bassin de plongeon — en plus d'une salle de jeux et d'un restaurant. Un local de premiers soins est aménagé à côté des toilettes et des douches.

— Je meurs de faim! annonce Jérôme. Est-ce que je peux acheter un de ces gros biscuits?

Il n'est que dix heures trente et ils viennent à peine de franchir la grille.

— Tu as déjà faim? lui demande Christine.

— Oui, fait Jérôme en se massant l'estomac comme s'il n'avait rien avalé depuis des jours.

— Bon, puisque c'est ainsi.

En disant ces mots, Christine a le pressentiment que quelque chose de fâcheux va se produire. Ça va toujours mal dès que Jérôme est impliqué. Elle s'installe sur une serviette tout en surveillant Jérôme se diriger vers le restaurant. Tout va bien. Augustin et Stéphane s'amusent dans la section peu profonde de la piscine, juste à côté d'elle. Donc aucun problème pour le moment. Mais qu'en est-il de Jérôme? Elle ne peut s'enlever de l'idée que quelque chose se prépare.

Quelques minutes plus tard, Jérôme revient, déballant soigneusement un biscuit qui a les dimensions d'une tarte.

— Regardez ce que j'ai! lance-t-il à ses frères.

— Donne-m'en une bouchée! crie Augustin.

— Pas question.

Jérôme se tient sur le bord de la piscine, agitant le biscuit devant le nez d'Augustin. Ce dernier tente de le saisir, mais Jérôme recule et c'est alors que... le biscuit tombe dans la piscine!

— Ahhhh! se lamente Jérôme.

Christine bondit sur ses pieds et regarde l'énorme biscuit se défaire en un million de miettes. Elle a envie de pleurer.

— Vite, va chercher un gardien, dit-elle à Stéphane.

Elle s'agenouille ensuite sur le bord de la piscine, tentant de recueillir les débris dans ses mains arrondies en coupe. Peine perdue. Jérôme a laissé tomber le biscuit à un endroit où l'eau est très agitée (comme de raison!) et les morceaux se répandent partout.

— Quel dégât! fait une voix d'homme.

Christine lève les yeux vers le gardien qui se tient à côté d'elle, un filet à la main. Grimaçant, il tente de ramasser les miettes.

— Je suis désolé. C'était un accident, fait Jérôme.

Ses lèvres tremblent comme s'il allait pleurer.

Christine l'entoure de son bras. Ce n'est pas amusant d'être un désastre ambulant !

— Il est interdit de manger quoi que ce soit autour de la piscine, lui dit le gardien.

— Je le sais, dit Jérôme. Je ne voulais pas le manger, juste le déballer.

Le gardien hausse les épaules d'un air incrédule et il s'éloigne.

— Je veux aller plonger, annonce Stéphane. Je veux essayer un saut périlleux.

— Moi aussi, je veux faire des sauts périlleux, dit Augustin en attrapant la main de Christine.

— Pour faire des sauts périlleux, ça prend un tremplin, et tu es trop petit pour aller dans le bassin de plongeon, lui dit Christine.

Les choses commencent à se compliquer.

— Je ne suis pas trop petit ! riposte Augustin.

— Disons que tu n'es pas assez grand. Le règlement exige une certaine taille. Que dirais-tu si on allait à la pataugeoire ?

— C'est pour les bébés !

Stéphane a un petit rire moqueur, vite étouffé par le regard sévère de Christine.

— Non, ce n'est pas pour les bébés. Il y a là des tas de grands enfants. Tu vas voir, c'est amusant. Tu pourras t'exercer à garder les yeux ouverts sous l'eau.

Pendant que Christine entraîne Augustin à la pataugeoire, Stéphane prend sa serviette et se dirige vers le bassin de plongeon. Jérôme suit en fredonnant à voix basse. Il fait une journée merveilleuse, ensoleillée et, pendant un moment, Christine se détend. Les choses vont peut-être bien aller finalement. Il n'y aura peut-être plus de désastres.

— Ouche ! Aïe ! Aïe ! Aïe !

C'est Jérôme qui hurle en se tenant sur un seul pied.

— Qu'est-ce qu'il y a ? demande Christine en le faisant asseoir par terre. As-tu marché sur quelque chose ?

— Ouille ! gémit encore une fois Jérôme.

Christine est déconcertée. Il a une petite tache rouge sous le pied, mais à part ça rien d'anormal. C'est alors qu'elle voit l'abeille morte.

— Regarde, dit Augustin en retournant l'insecte avec son gros orteil. Jérôme l'a écrasé.

Jérôme arrête de se lamenter assez longtemps pour suivre la conversation.

— Une abeille ? Oh, non ! J'ai été piqué par une abeille ! reprend-il en hurlant de plus belle.

— Ça va, le réconforte Christine.

Elle a déjà lu des trucs sur les piqûres d'abeilles et elle sait que si la blessure est propre et que le dard ne reste pas à l'intérieur, il n'y a rien à craindre. Mais pour plus de sécurité, elle décide d'accompagner Jérôme à l'infirmerie de la piscine.

L'infirmière prend aussitôt la situation en main. Jérôme s'arrête de pleurer dès qu'il s'assoit sur la table d'examen et, dix minutes plus tard, ils sont de retour à la piscine. Jérôme va très bien.

Et maintenant ? soupire Christine. Il n'est que onze heures et demie et elle est déjà exténuée.

— Est-ce qu'on peut dîner ? demande Augustin en lui tirant la main.

Christine n'a pas la force de lui résister. Il est un peu

trop tôt pour manger, mais c'est peut-être un peu plus sûr d'avoir tout le monde assis autour de la même table. Rien ne pourrait arriver devant une pile de hamburgers. Elle va chercher Stéphane au bassin de plongeon, et tous deux dressent une table sommaire pendant que Jérôme et Augustin vont acheter le goûter.

Puis c'est l'attente. Christine et Stéphane attendent et attendent encore. Elle regarde sa montre. Qu'est-ce qui peut bien retarder Augustin et Jérôme?

— Hé, Christine, qu'est-ce qui se passe là-bas? fait Stéphane en désignant le casse-croûte.

Il semble qu'il y ait une longue file d'attente. C'est sûrement Jérôme, Christine en est certaine.

— Reste ici, ordonne-t-elle à Stéphane avant de se diriger vers le casse-croûte.

À la caisse, elle aperçoit Jérôme qui vide ses poches pendant qu'Augustin grignote une tablette de chocolat.

— Qu'est-ce qu'il y a? demande-t-elle en essayant de garder son calme.

— Oh, Christine, je suis content que tu sois là! fait Jérôme en souriant. Je pense que j'ai acheté trop de choses parce que je manque d'argent.

Elle regarde son plateau qui déborde de sacs de bonbons, de chocolat, d'arachides et de boules de gomme. En dessous de tout ça, elle voit les hamburgers et les frites qu'elle lui avait demandé d'acheter.

Sans un mot, Christine prend toutes les friandises qu'elle retourne à l'employé.

— Voulez-vous ne compter que les hamburgers et les frites, s'il vous plaît?

— Christine! hurle Jérôme.

Christine n'en tient pas compte, paye la note et attrape le plateau. Augustin avale vivement la dernière bouchée de sa tablette de chocolat — probablement par crainte de devoir la rendre — et court derrière elle.

Ce n'est que plus tard dans l'après-midi que Christine pousse un soupir de soulagement. La journée est presque terminée et rien d'autre ne s'est passé. Vraiment? Elle s'aperçoit soudain qu'il manque quelqu'un. Son coeur saute un bon coup dans sa poitrine. Augustin est toujours dans la pataugeoire... et elle voit Stéphane qui est retourné au bassin de plongeon et Jérôme... attends une minute... Jérôme a disparu!

Tout énervée, Christine saute sur ses pieds et court jusqu'au bassin de plongeon. Il y a moins de monde qu'avant le dîner et il est visible que Jérôme n'y est pas. Elle file à la piscine olympique.

— Jérôme! crie-t-elle.

Quelques enfants s'arrêtent de nager pour la regarder, mais Christine sait qu'elle perd son temps. Ne panique surtout pas, se dit-elle. Elle se force à ralentir et à prendre une profonde inspiration. C'est fou de courir partout. La meilleure façon d'agir pour une gardienne dans une telle occasion, c'est d'avertir le sauveteur. Tout de suite.

— Ne t'inquiète pas, il est sûrement aux alentours, dit ce dernier, encourageant. Nous allons l'appeler par les haut-parleurs.

— Merci.

Christine s'appuie contre la chaise du sauveteur, remarquant soudain que ses jambes tremblent. *Est-ce que Jérôme Robitaille peut se rapporter immédiatement au gardien?* La voix résonne toutes les cinq secondes, sans aucun résultat. Cinq minutes passent, puis dix. Christine a l'impression que son coeur joue à saute-mouton dans sa poitrine. Où est Jérôme? Que dira-t-elle à madame Robitaille?

À la fin, c'est Stéphane qui le retrouve.

— Le voilà! fait-il, triomphant, en ramenant un Jérôme étonné au sauveteur.

— Où étais-tu? s'écrie Christine d'une voix qu'elle a peine à reconnaître.

— Je prenais une douche. Je voulais me débarrasser de tout ce chlore dans mes cheveux. Étiez-vous vraiment inquiets? ajoute-t-il en regardant le sauveteur reprendre son poste de surveillance.

— Nous t'avons appelé par les haut-parleurs pendant dix bonnes minutes.

— Je ne vous entendais pas sous la douche.

Christine le dévisage un moment. Elle aurait un million de choses à lui dire, mais qu'est-ce que ça donnerait? Jérôme, c'est Jérôme. Un désastre ambulant!

— Regardez, c'est maman! lance Stéphane. Elle vient de stationner à l'extérieur.

Christine ordonne à tout le monde de ramasser sa serviette de plage et de se rendre à l'auto. Il est seize heures trente. C'est difficile de croire que quelques heures seulement viennent de s'écouler. Elle étouffe un bâillement et aide les enfants à s'installer sur la banquette arrière. Une autre journée avec Jérôme Robitaille vient de se terminer.

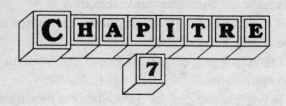

CHAPITRE 7

Mardi

Cher papa, chère Suzanne,

Quelles vacances superbes! Nous passons pratiquement chaque minute à la plage, et les Picard s'adonnent à la plongée. Nous n'avons eu qu'une seule journée monotone, mais personne ne s'en est plaint.

Sophie est déjà toute bronzée et j'ai déjà utilisé une pleine bouteille d'écran solaire. Donnez un gros bizou à Tigrou pour moi et dites-lui que je vais lui rapporter un jouet!

Je vous aime beaucoup,
Anne-Marie

Je relis ma carte postale et je la trouve vraiment ennuyeuse. Tellement impersonnelle, surtout quand on sait tout ce qui se passe ici. Cette carte ne donne aucune idée de la période excitante que je vis présentement. Pourquoi? Je l'ignore. Peut-être parce que je ne sais pas moi-même ce qui m'arrive. Je me sens à la fois confuse et heureuse, tout ça à cause de ce qui s'est passé aujourd'hui sur la plage…

La journée commence comme d'habitude. Sophie, Marjorie et moi venons juste d'étendre nos serviettes sur le sable et les plus jeunes se préparent à sauter dans les vagues. Les Picard sont peut-être une famille très permissive, mais il y a une règle très stricte: personne ne peut aller dans l'eau avant neuf heures ou après dix-sept heures. Parce que ce sont les seules heures où les sauveteurs sont de service.

Dès le moment où les sauveteurs sont perchés sur leurs chaises, les enfants se ruent vers l'océan. Je mets une autre couche d'oxyde de zinc sur mon nez et je rabats mon chapeau de paille sur mon visage. Puis, j'enduis mes bras et mes jambes de lotion solaire, et je m'assure que ma cape me couvre bien les genoux.

Pendant que je m'adonne à toutes ces contorsions, je remarque que Sophie et Marjorie font exactement le contraire. Je m'emmaillote comme un Inuit à l'approche de l'hiver et elles se préparent à se faire rôtir au soleil. Sophie enlève sa mante de bain; je dois admettre qu'elle est magnifique dans son bikini bleu. Sa peau a pris la couleur du sucre d'érable et ses cheveux blondis par le soleil lui descendent à mi-dos. Et Marjorie, dans son deux-pièces coloré, tourne au brun doré. Ses taches de rousseur disparaissent lentement.

Sophie applique du *Soleil en tête* dans ses cheveux (peut-on être plus blonde que blonde?) lorsque nous entendons le cri.

— Anne-Marie! Sophie!

C'est une voix masculine.

— Qu'est-ce que... commence Sophie.

Je me retourne juste à temps pour voir deux adolescents et une demi-douzaine de petits qui courent vers nous. Les enfants paraissent jeunes — plus jeunes que Margot — et je ne sais pas qui ils sont. Puis, je reconnais le garçon en bermuda blanc.

— Oh! c'est Alex.

— Et Tobie, ajoute Sophie en sautant sur ses pieds. Ce qu'il est beau!

C'est vrai, mais je ne peux me concentrer sur personne d'autre qu'Alex. Je n'ai pas pensé beaucoup à lui depuis nos derniers adieux, mais j'ai un choc en le voyant. Il a l'air magnifique.

— Anne-Marie! Comment vas-tu?

Il arrive tout près de moi, à bout de souffle. Il est grand, a les cheveux bruns et un large sourire illumine sa figure. Comment ai-je pu oublier ce sourire?

— Je vais bien. Et toi?

Alex s'approche encore un peu comme s'il voulait me serrer dans ses bras, puis il semble se rappeler que nous sommes entourés d'enfants.

— Tobie et moi travaillons tout le mois comme baby-sitters.

— Vraiment?

Je me sens incroyablement heureuse. Tout un mois! Je vais voir Alex chaque jour.

— Oui, me dit Alex. Nous avons trouvé deux familles qui prennent leurs vacances ensemble et ils voulaient deux gardiens pour leurs enfants.

Il regarde Tobie qui est déjà en grande conversation avec Sophie. Je remarque que cette dernière a caché sa bouteille de lotion solaire et qu'elle essaie d'assécher ses cheveux avec une serviette.

— Ce sont de beaux enfants, dis-je en regardant une petite fille rousse qui s'accroche à la jambe d'Alex.

— C'est Sheila, dit-il en la juchant sur son épaule. Elle a deux ans et ces garçons sont ses frères. Des jumeaux. Les trois autres sont leurs cousins.

— Et voici Marjorie, dis-je. Tu te rappelles Marjorie?

Claire sort de l'eau au même moment et jette un oeil à Sheila.

— Qu'est-ce que ce bébé fait ici? demande-t-elle.

— Claire, dis-je, ce n'est pas très gentil.

— Le-pou-qui-pue, lance-t-elle à Sheila qui met son pouce dans sa bouche.

— Est-ce qu'elle parle en code? demande Alex en riant.

— Non, c'est la phrase qu'elle dit selon l'humeur du moment.

Alex ne semble pas du tout ennuyé et s'agenouille pour être à la hauteur de Claire.

— J'ai une bonne idée, dit-il très sérieusement. Tu veux l'entendre? (Claire ne dit pas un mot.) Pourquoi ne ferions-nous pas tous ensemble un château de sable?

Claire joue dans le sable avec ses orteils quelques secondes avant de répondre.

— C'est une idée idiote, fait-elle sèchement.

61

— Claire! dis-je, choquée.

Claire est peut-être jalouse de Sheila, mais cela n'excuse pas la méchanceté. C'est ce que je m'apprête à lui dire lorsque les autres Picard arrivent. Tout le monde se présente.

— Quatorze enfants, fait Alex en comptant. C'est juste ce qu'il faut pour la construction d'un gigantesque château de sable. Quelqu'un en a envie?

— Oui, nous! crie Joël au nom de ses frères. Venez, les gars, on commence la base. Vous pouvez nous aider, ajoute-t-il à l'adresse des frères jumeaux de Sheila.

Nous avançons vers le bord de l'eau sans que Sophie et Tobie ne se lâchent des yeux. Sophie semble enchantée de revoir Tobie, mais je me rappelle qu'elle a fait de même avec Pierre au centre de ski. Et il y a eu Scott, le gardien de Sea City. Tobie est présentement en tête, mais qui sait si ça durera?

Sheila est un peu laissée de côté, aussi je lui prends la main.

— Je vais te montrer comment décorer le château, lui dis-je en mettant du sable mouillé dans sa petite main. Laisse-le bien s'égoutter.

Au début, Sheila ne veut pas toucher au sable, mais dès qu'elle essaie, elle crie de joie.

— Gâteau de fête, dit-elle.

— C'est ça, fait Alex en riant. C'est comme les décorations sur ton gâteau.

Tout va bien pendant quelques minutes, mais à un moment donné, Sheila glisse et son pied heurte un pan de mur du château qui s'écroule. Claire explose.

— Stupide-le-pou-qui-pue!

Sheila fond en larmes.

— Claire ! Ça suffit ! dis-je, exaspérée. C'était un accident. Ne pleure pas, ajouté-je en me penchant vers Sheila,
j'ai un travail spécial pour toi. Tu peux faire un tunnel qui
conduira jusqu'au château.

Sheila s'accroupit et se met à creuser avec ferveur. Je
la surveille quelque temps, puis je m'approche d'Alex.

— Je suis content que nous nous soyons revus, dit-il
tranquillement.

— Moi aussi, je suis contente.

La réplique de l'année ! Il y a un million de choses que
j'aimerais dire à Alex, mais je sais que ce n'est ni le moment, ni l'endroit. Surtout avec une quinzaine d'enfants
autour de nous. Je me demande s'il se rappelle la dernière
soirée que nous avons passée ensemble à Sea City et s'il a
encore la bague que je lui ai donnée. (Je sais qu'il ne l'a
pas au doigt, car j'ai regardé.) Je me demande même s'il a
une petite amie et s'il comptait me revoir à Sea City. Bien
sûr, nous nous verrons souvent à la plage, mais je souhaite
plus que cela.

Le soleil commence déjà à baisser quand Marjorie,
Sophie et moi récupérons les serviettes de plage et rassem-
blons les enfants. Puis Sophie et moi disons au revoir à
Tobie et à Alex.

— C'était amusant, non ? dis-je à Sophie alors que
nous revenons lentement vers la maison, Marjorie à nos
côtés, les enfants devant.

— C'était fantastique, dit-elle, rêveuse. Qui aurait
pensé que nous les aurions revus ? Crois-tu qu'ils vont
nous demander de sortir ?

— Je ne le sais pas. Ça dépendra s'ils ont un peu de
temps à eux.

Marjorie semble abasourdie et je suis sûre qu'elle pense à Louis.

— D'après ce que j'ai pu lire dans les yeux de Tobie, il va s'arranger pour trouver du temps, déclare Sophie.

Je sens la rougeur envahir mes joues.

— Je n'en suis pas aussi certaine pour Alex.

— Ha! moi, je le suis. Tu aurais dû le voir te dévisager. Si je m'appelais Louis, je commencerais à m'inquiéter.

— Louis n'a aucune raison de s'inquiéter, dis-je sèchement. (Marjorie fronce les sourcils.)

Sophie pouffe de rire.

— Tu veux dire que ce qu'il ne sait pas ne lui fait pas mal?

— Non, je veux dire que Louis n'a pas à s'inquiéter parce que je vais toujours lui être fidèle. Il est mon petit ami et le sera toujours.

J'élève la voix sans trop m'en rendre compte, tellement je suis confuse. C'est étonnant parce que je n'avais pas encore pensé à Louis jusqu'à maintenant, c'est-à-dire en tant qu'ami de cœur. Mais est-ce qu'une visite d'Alex va tout changer ça? Je n'ai pas de réponse. Soudain, rien n'a plus aucun sens.

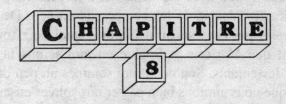

CHAPITRE 8

Vendredi

Chère Claudia,

Tu ne le croiras pas mais Tobie et Alex sont de retour à Sea City! Nous les avons rencontrés à la plage. Jusqu'ici les vacances s'annoncent intéressantes. Je ne sais pas ce qui va arriver. Même Vanessa a rencontré un garçon qui lui plaît.

Amitiés.

Anne-Marie

Quel méli-mélo on a eu vendredi soir! Ce n'était ni la faute de Sophie, ni la mienne. (C'est quand même moi qui ai été prise.) Voici comment tout est arrivé. Monsieur et madame Picard nous ont dit que Sophie et moi pouvions avoir une soirée libre par semaine, à la condition de la prendre *séparément*. Je les comprends un peu. De cette façon, ils peuvent sortir n'importe quel soir tout en sachant que Marjorie et Sophie ou moi serons là pour garder les enfants. Sophie et moi sommes un peu déçues parce que nous aimions bien passer nos soirées ensemble, mais nous n'avons rien dit. Nous n'en avons même pas parlé entre nous, parce qu'on aurait alors pu s'organiser dès le départ.

Le premier indice que quelque chose cloche me saute aux yeux lorsque je vois Sophie sortir le fer à repasser. Il est dix-huit heures trente, vendredi soir, et nous venons de nettoyer la cuisine après un souper hâtif. Sophie *déteste* repasser et je suis étonnée de la voir étendre sa robe bain de soleil sur la planche à repasser dans le coin de la cuisine.

— Tu repasses? lui dis-je.

Sophie se touche le bout du nez comme on le fait dans les charades quand quelqu'un a trouvé le mot exact. Je me sens un peu stupide. C'est assez évident qu'elle repasse, mais ma question est... pourquoi?

— Je veux dire pourquoi fais-tu ça maintenant?

Sophie me regarde.

— Je ne peux quand même pas sortir avec une robe toute fripée, non?

— Oh! tu sors?

— Oui, avec Tobie.

Elle se penche de nouveau sur sa robe tout en fredonnant. On dirait qu'elle pâlit sous son bronzage et je me demande d'abord si elle n'a pas un malaise. Le diabète de Sophie est sous contrôle, mais elle doit toujours surveiller sa diète et prendre des médicaments.

— Nous allons à la salle de jeux électroniques, ce soir. Penses-tu que je suis trop chic? me demande-t-elle, soudain inquiète.

Elle n'attend pas ma réponse, et pour cause, car je me tiens là, la bouche grande ouverte, sans pouvoir parler.

— Je veux porter du blanc pour mieux faire ressortir mon bronzage, ajoute-elle.

— Tu vas donc à la salle de jeux électroniques? dis-je. Ce soir?

— Ça va nous rappeler des souvenirs, murmure-t-elle.

Je comprends fort bien ce qu'elle veut dire. La dernière fois que nous y sommes allées, elle et Tobie ont passé une soirée qu'on pourrait qualifier de romantique. Ils se sont même promenés dans le Tunnel de l'amour et Tobie a donné son premier baiser à Sophie.

— Je me rappelle la dernière fois que nous sommes allés à la salle de jeux électroniques, commence-t-elle. C'était une soirée si merveilleuse...

Et la voilà qui ressasse ses plus beaux souvenirs, mais j'ai quelque chose de plus important en tête. Si Sophie sort avec Tobie ce soir, je dois parler... et vite!

— Euh, Sophie, dis-je. Je crois qu'il y a un petit problème.

— Un problème? s'inquiète-t-elle en déposant son fer à repasser.

J'ai enfin capté son attention.

— Je sors avec Alex ce soir.

— Quoi ?

L'émotion qu'elle met dans ce petit mot est beaucoup plus de l'indignation que de l'étonnement.

— Mais oui. Ce soir. Alex. À vingt heures.

Je ne mentionne pas que nous avons l'intention d'aller à la salle de jeux électroniques. Il n'y a pas lieu de la faire se sentir plus mal qu'elle ne l'est.

Je pensais qu'elle courrait au téléphone pour annuler son rendez-vous avec Tobie, mais à ma grande surprise elle se remet à repasser comme si de rien n'était !

— Sophie, m'as-tu entendue ?

— Bien sûr, dit-elle doucement. C'est dommage que tu doives annuler ta sortie avec Alex.

C'est à mon tour d'être indignée.

— Pourquoi serait-ce à *moi* d'annuler ma sortie ? Tu n'avais pas le droit de prendre rendez-vous sans me le demander.

— Je n'ai pas besoin de ta permission pour sortir avec Tobie, me répond-elle, les yeux tout ronds.

— Tu veux dire que tu as tenu pour acquis que je resterais à la maison avec Marjorie et les enfants ?

— Eh bien, l'une de nous doit le faire, dit-elle calmement. Tu n'as qu'à informer Alex que tu le verras demain soir.

Elle sort de la cuisine pour se changer et me laisse toute seule avec ma rage. Je ne peux pas croire que Sophie soit si égoïste.

Je pense toujours à cette scène au moment où Marjorie et moi mettons les enfants au lit. Je vais fermer la fenêtre dans la chambre de Vanessa, pendant que Marjorie installe Claire et Margot.

— Anne-Marie, demande Vanessa, peux-tu rester un peu avec moi pour parler?

— Bien sûr, dis-je, tout en m'assoyant sur le bord de son lit. Qu'est-ce qu'il y a?

— J'ai écrit quelque chose, me dit-elle en sortant un cahier et un stylo de dessous son lit.

— Des poèmes?

— Eh bien, oui. Mais pas comme les autres. J'écris des poèmes pour Chris. Tu sais, le garçon du *Ice-Cream Palace*. J'en suis vraiment amoureuse, ajoute-t-elle en voyant ma surprise. Je trouve qu'il est adorable, tu ne crois pas?

— Oh! oui. Il est très beau.

— Lis mes poèmes et dis-moi ce que tu en penses.

Elle me tend son cahier que j'ouvre au hasard. C'est clair comme de l'eau de roche que Vanessa est amoureuse de Chris. Comment cela a-t-il pu arriver? Elle ne le connaît même pas!

Un petit accident nous a rapprochés
Et jamais plus nous nous oublierons.
Dis-moi que tu vas toujours m'aimer,
Car sans toi, mon coeur est en prison.

— Très joli, lui dis-je en lui remettant le cahier. (Que puis-je dire d'autre?)

— J'en ai écrit huit. J'espère qu'il va les aimer, soupire-t-elle en se glissant sous ses couvertures.

— Tu vas montrer ces poèmes à Chris?

Une sonnette d'alarme se fait entendre dans ma tête. Je sens que ce n'est pas une bonne idée.

— Bien sûr que non, dit-elle en riant. Je veux être son admiratrice *secrète*. Et ce ne serait plus un secret s'il savait qui les a écrits, non?

— J'imagine. Que vas-tu réellement en faire?

— Je pense que je vais les laisser sur le comptoir du *Ice-Cream Palace*, là où il peut les trouver, fait-elle en bâillant et en fermant les yeux à moitié. Il sera tellement surpris.

— Je suis certaine qu'il le sera en effet.

Je me lève tout doucement et ramène les couvertures sur ses épaules. D'abord Alex et Tobie (sans parler de Louis et de Pierre) et maintenant cette histoire. Les choses se compliquent et c'est facile d'en deviner la cause. Il y a trop de garçons!

CHAPITRE 9

Samedi

Hier soir, on m'a confié une «garde-surprise». L'idée est venue de mon père. Sa nouvelle amie Carole s'est pointée avec un petit garçon de huit mois et une petite fille de trois ans. Ils étaient bien mignons, mais je n'étais pas particulièrement enchantée d'avoir à les garder pour que papa et Carole puissent aller au théâtre. Mais comment pouvais-je refuser? Heureusement, Julien était à la maison, et il s'est avéré excellent baby-sitter. Au fait, si l'une de vous a une idée pour les problèmes de coliques, j'espère qu'elle le notera dans le journal de bord...

Diane avait presque oublié la douce oisiveté de la Californie. Se retrouver dans ce climat ensoleillé, près de l'océan, dans la grande maison aux carreaux frais et aux puits de lumière éclatants l'enchante. La vie y est... si facile. Madame Bruen, la femme de ménage extraordinaire de son père, s'occupe de tout et cuisine les plats préférés de Diane. Et Diane aime bien avoir son frère Julien près d'elle. Il est beaucoup plus heureux depuis qu'il a quitté Nouville pour venir vivre avec son père.

La vie est presque parfaite, pense-t-elle en dégustant la salade d'avocats préparée par madame Bruen. Il n'y a qu'un grain de sable dans ce bel engrenage et son nom est Carole. Carole est l'amie de son père et Diane ne la digère pas. Elle ne sait pas exactement pourquoi elle n'aime pas Carole, mais quelque chose en elle l'ennuie. D'abord, elle est toujours *là*. Elle passe tant de temps à la maison qu'on croirait qu'elle fait partie de la famille. Et Diane déteste ça.

La sonnette se fait entendre à l'instant où Diane va prendre sa douche. Elle a passé l'après-midi à se faire bronzer et son corps est couvert d'huile pour bébé.

— Vas-tu répondre, ma petite soie? lance le père de Diane de la cuisine.

Son père s'entête à l'appeler sa petite soie. Diane ouvre donc la porte et c'est la douche froide. Sa bonne humeur disparaît.

— Salut! dit joyeusement Carole. Voyez qui j'ai avec moi!

Elle a un bébé dans les bras et une petite fille toute sérieuse accrochée à la jambe.

Le père de Diane arrive rapidement.

— Eh bien, qui est tout ce beau monde ? demande-t-il en tentant de ne pas trop montrer sa surprise.

— Ne sont-ils pas adorables ? fait Carole d'une voix exubérante que Diane déteste. C'est Grégoire. Il n'a que huit mois. Et voici sa soeur, Julie, trois ans.

— Mais qui sont-ils ? demande Diane, qui sait que Carole n'a pas d'enfants.

— C'est une longue histoire, dit Carole en entrant dans le salon.

Elle laisse tomber le gros sac de couches sur le plancher et assoit Grégoire sur ses genoux.

— Une de mes vieilles amies de collège est en visite en Californie avec son mari. Ils ne pouvaient trouver de gardienne et je leur ai dit que je m'occuperais de leurs enfants pour qu'ils puissent sortir.

— C'est très gentil à toi, dit lentement monsieur Dubreuil, mais ça complique un peu les choses.

— Quelles choses ?

Monsieur Dubreuil s'assoit près d'elle.

— Tu te rappelles cette comédie musicale que tu voulais voir ?

— Celle dont tous les billets étaient vendus ?

— Eh bien, ce n'était pas tout à fait complet, commence monsieur Dubreuil en tirant deux billets de sa poche. Un de mes clients m'a offert deux très bonnes places pour ce soir.

— Oh, non ! se lamente Carole. Pourquoi ne m'en as-tu pas parlé ?

— Je voulais t'en faire la surprise.

Diane observe la scène, se demandant comment elle pourrait s'éclipser sans avoir l'air impolie. Elle est désolée de la déception de son père, mais ça ne la concerne pas, après tout.

Un instant plus tard, elle se rend compte que si.

— Mais j'ai une idée! s'exclame son père en se tournant vers elle. Qu'est-ce que vous faites ce soir, Julien et toi?

Diane passe nerveusement sa langue sur ses lèvres. Elle sait ce qui s'en vient.

— Nous devions, euh... louer une vidéocassette.

— Parfait! lance monsieur Dubreuil en tapant dans ses mains.

— Toi et les enfants pouvez regarder la télé tous ensemble.

Diane n'en revient pas. Penser qu'un bébé de huit mois puisse regarder un film est tellement ridicule qu'elle ne sait pas quoi répondre.

— Tu veux dire que tu voudrais que je garde les enfants? lui demande brusquement Diane.

— Mais, puisque tu ne vas nulle part de toute façon, dit monsieur Dubreuil, enchanté.

— Oh, ferais-tu ça? s'écrie Carole en sautant sur ses pieds. Ce serait magnifique!

— Et je te paierai, ajoute monsieur Dubreuil.

— Eh bien...

— Tout est donc arrangé, conclut le père de Diane en prenant la main de Carole. Attends de voir ce qu'on a au menu pour ce soir...

— Ce n'est pas ce qu'on peut appeler une soirée emballante, dit Julien quelques heures plus tard.

Il tente de suivre une aventure d'Indiana Jones alors que Grégoire crie plus fort que la télé.

— Qu'est-ce qu'il a?

— Carole dit qu'il fait des coliques, réplique Diane.

Elle se sent triste pour Grégoire, parce qu'il souffre. Il lance ses jambes en l'air et continue de hurler, quoi qu'elle fasse. Elle a tout essayé, le bercer, chanter pour lui, mais en vain. La seule chose qui semble un peu le calmer, c'est de marcher avec lui.

C'est un véritable cauchemar de gardienne. De plus, ce n'est pas juste pour la petite Julie qui arpente le salon comme une âme en peine.

— Bon. Je regarderai ça demain, dit Julien en réembobinant la cassette. Eh, Julie, lance-t-il soudain à la petite qui regarde par la fenêtre, aimerais-tu jouer ?

— Nous n'avons aucun jeu de bébé, lui rappelle Diane. (Comme de raison, Carole n'a apporté aucun jouet.)

— On a un paquet de cartes, propose Julien.

— Elle est trop jeune pour jouer aux cartes.

— Cartes, répète Julie en se dirigeant vers Julien.

— Nous n'allons pas jouer aux cartes, explique Julien, nous allons construire un château de cartes.

Pendant l'heure qui suit, Julie est fascinée par les constructions de Julien.

— Doucement, doucement, lui conseille-t-il lorsqu'elle dépose une carte au sommet. Si tu souffles, même doucement, tout va s'écrouler.

Une fois qu'ils en ont assez de faire des châteaux, Julien invente une histoire de dragon qui voulait se lier d'amitié avec un lion. Julie s'esclaffe à toutes les grimaces de Julien. Il lui montre ensuite à faire des ombres chinoises sur le mur blanc et il imite des voix d'animaux qui vont avec les formes. Finalement, exténuée, la petite s'endort sur le tapis.

— Tu as été fantastique, chuchote Diane, étonnée. J'ignorais que tu savais si bien t'y prendre avec les enfants.

— Ça m'étonne moi-même, fait Julien tout en déposant une couverture sur Julie. Grégoire dort lui aussi.

— Est-ce possible? fait Diane. Allons les coucher en haut dans mon lit.

— Bon, c'est le calme après la tempête, fait Julien quelques minutes plus tard lorsqu'il revient dans le salon avec sa soeur.

Il examine le plafond comme si des pleurs allaient en tomber d'un moment à l'autre.

— Qu'est-ce qui va se passer entre papa et Carole à ton avis? demande Diane, installée au bout du divan, un coussin dans les bras.

Julien hausse les épaules. Il partage l'opinion de Diane au sujet de Carole, mais il se sent un peu mal à l'aise d'en parler.

— Papa l'aime bien, sans plus.

— Es-tu sûr que ce n'est pas sérieux? Elle est toujours ici.

— Ça ne veut rien dire. Papa n'a pas l'intention de la marier.

— Comment peux-tu en être aussi certain?

— Je le sais, c'est tout. Tu t'inquiètes trop.

Diane se prépare à dire autre chose, mais Julien attrape la télécommande. Harrison Ford remplit aussitôt le petit écran, et Diane tente de chasser ses craintes.

— Tu as fait un travail fabuleux ce soir, dit monsieur Dubreuil à sa fille au moment où chacun se retire pour la nuit.

Il tend quelques dollars à Diane qui étouffe un bâillement. Cette garde a été l'une des pires qu'elle ait jamais connues.

— Merci, marmonne-t-elle en se dirigeant vers sa chambre.

Elle revient soudain sur ses pas et va à la cuisine où Julien se prépare un énorme sandwich au fromage.

— Voilà, lui dit-elle en lui offrant la moitié de l'argent. C'est pour toi.

— Mais non, dit-il, ça m'a fait plaisir. Oublie ça.

— Pas question, dit Diane qui glisse les billets dans la poche de chemise de son frère. Tu les as superbement gagnés.

Avant de s'endormir, ce soir-là, Diane a une pensée amusante : peut-être qu'un jour Julien fera un très bon baby-sitter, lui aussi !

CHAPITRE 10

Samedi

Cher Louis,

Rien ne change. Parfaite température, baignade fantastique et les enfants s'entendent à merveille. Que peut-on demander de mieux ? J'aimerais que tu sois ici.

Amitiés,

XXX

Anne-Marie

Tu parles d'une conscience coupable! J'ai un mal terrible à trouver quoi dire à Louis, parce que je crains qu'il ne lise entre les lignes. Je décide donc d'en écrire le moins possible. Vous avez remarqué que je n'ai pas parlé d'Alex. Comment le pourrais-je? Je n'ose pas raconter à Louis ce qui se passe...

Je suis tellement excitée, le samedi après-midi, qu'il me semble que je flotte. Il y a de quoi. Lorsque j'ai appelé Alex pour lui dire que je ne pouvais pas sortir vendredi soir, il m'a tout de suite invitée pour samedi (tout ça à cause de Sophie). Nous devons aller manger dans un restaurant où l'on sert des fruits de mer. J'essaie tous mes vêtements l'un après l'autre. Rien ne me semble aller. On ne va quand même pas dans un casse-croûte et je veux être habillée convenablement.

Je viens de décider de demander à Sophie de me prêter sa robe rouge juste comme elle entre dans la chambre en s'asséchant les cheveux. Imaginez ma surprise lorsqu'elle sort la robe en question de la penderie et qu'elle la jette sur son lit!

— Oh! tu dois avoir lu dans mes pensées, lui dis-je.

— Comment ça? fait Sophie en passant ses doigts dans ses cheveux mouillés.

— J'allais te demander de me la prêter.

— Normalement je dirais oui, répond-elle en enlevant son t-shirt, mais j'en ai besoin ce soir.

— Bon, je comprends, dis-je rapidement.

Je déteste emprunter des choses, et je ne veux pas la mettre dans l'embarras. Soudain un trait de lumière me traverse l'esprit.

— Pourquoi as-tu besoin de ta robe ce soir?

Sophie fouille dans une véritable collection de vernis à ongles.

— Je m'habille pour aller souper, dit-elle avec le plus grand calme.

Je n'arrive pas à y croire.

— Tu sors pour souper ? Tu as rendez-vous ?

Sophie hésite une seconde avant de répondre.

— Euh, oui, c'est ça.

— Sophie Ménard, tu es incroyable !

Je m'assois sur le lit et je la dévisage. Elle refuse de me regarder et commence à peindre ses ongles.

— Tu es sortie, hier soir, tu te rappelles ?

Sophie ouvre la bouche pour répliquer mais je ne lui en laisse pas le temps.

— J'ai des petites nouvelles pour toi. *Je* sors ce soir. Et *toi*, tu gardes les enfants. C'était notre arrangement.

Je ramasse ma serviette et me dirige vers la salle de bains, le visage en feu. Sophie me rattrape dans le corridor et je suis contente de m'apercevoir qu'elle a gâché ses ongles en se levant sans faire attention.

— Écoute, Anne-Marie, fait-elle d'une voix pleurnicharde, je ne voulais pas te contrarier. C'est que Tobie et moi avons eu tellement de plaisir hier soir que je pensais que tu ne dirais rien si je sortais de nouveau, ce soir.

— Tu pensais que ça ne me ferait rien ? lui dis-je froidement.

Mon coeur bat à tout rompre, mais je tiens bon.

— Tu pourrais sortir deux soirs la semaine *prochaine*, suggère-t-elle, comme si elle me faisait une grande faveur. Ça serait juste, non ?

— Non, Sophie. Ce ne serait pas juste. Je sors ce soir,

et si tu veux bien m'excuser, je dois me préparer.

Je m'éloigne en coup de vent sans un autre mot.

— C'est très bien ici, dis-je plus tard ce soir-là, alors qu'Alex et moi sommes assis dans un compartiment au fond du restaurant.

Le menu a la taille d'un livre de recettes et je n'ai aucune idée de ce que je vais prendre. En fait, je me sens un peu nerveuse d'être assise en face d'Alex. Se balader sur la plage, c'est une chose, mais se retrouver au restaurant en grande tenue me semble bien différent. Comme si nous étions à un vrai rendez-vous. N'est-ce pas ce que je voulais, un « vrai » rendez-vous avec Alex ? Mais Louis là-dedans ?

Alex interrompt le cours de mes pensées.

— Arrive sur terre, Anne-Marie, fait-il joyeusement, alors que la serveuse est là qui attend notre commande.

Prête ou pas, je dois me décider !

— Euh, je pense que je vais prendre des croquettes au crabe, des frites et un thé glacé, dis-je à tout hasard.

Une fois la serveuse repartie, nous nous regardons dans les yeux dans le silence le plus complet. De quoi allons-nous bien parler ?

— Nous sommes arrivés juste à temps, dis-je finalement.

— Juste à temps ? demande Alex, interloqué.

— Oui, avant qu'il n'y ait trop de monde. Ni trop tôt, ni trop tard.

Même Alex ne peut rien ajouter d'intelligent à cette remarque idiote. Il fixe un point au-dessus de ma tête. J'ai bien envie de me retourner pour regarder derrière moi, mais je sais pertinemment qu'il n'y a rien d'autre qu'un grand poisson plat accroché au mur.

Autre pause.

— Il y a beaucoup de poisson au menu, dis-je enfin en pensant à celui qui est au mur.

J'aurais envie de me mordre la langue dès que j'ai fini ma phrase. C'est sûr qu'il y a du poisson au menu… c'est un restaurant de fruits de mer, pas une pizzeria !

Alex hoche lentement la tête. Il doit me trouver affreusement ennuyeuse. Comment se fait-il que je ne trouve rien d'intéressant à dire dans un moment pareil ? Il faut que j'en parle à Sophie, puis je me rappelle qu'elle doit encore être furieuse contre moi. Elle garde les petits Picard avec Marjorie, au lieu de manger au restaurant avec son petit ami. Je l'envie presque !

Je pense que ça pourrait continuer éternellement de cette façon, sauf qu'il survient quelque chose de très amusant, et la glace se brise enfin. Lorsque la serveuse arrive avec le homard d'Alex, elle lui passe un *bavoir* ! Exactement comme ceux qu'on met aux bébés, sauf que celui-ci est immense et un gros homard y est imprimé. Alex ne montre aucune surprise (j'imagine qu'il a déjà mangé du homard au restaurant), mais je suis tellement étonnée que je pouffe de rire ! Je n'essaie même pas de me retenir et, en me voyant rire de la sorte, Alex éclate à son tour. Après cet incident, nous avons des millions de choses à nous raconter et nous parlons sans arrêt jusqu'à la fin du repas.

Plus tard, nous allons sur la promenade, où Alex tente de gagner un animal en peluche pour moi. Après une vingtaine de minutes (et une douzaine de pièces de monnaie) il réussit finalement et je choisis un gros hippopotame mauve.

— Tu es certaine que tu ne veux pas un panda? demande Alex. Ou un des chimpanzés?

— Non, dis-je en serrant l'hippopotame dans mes bras. C'est lui que je veux.

Je ne sais pas trop quoi raconter sur le reste de la soirée sinon que c'est merveilleux. Nous passons une heure à nous promener au hasard, puis nous faisons un tour dans la grande roue. Alex maugrée un peu parce que j'ai coincé le gros hippopotame entre nous deux, mais je sais qu'il blague.

Nous retournons chez les Picard en pointant les constellations. (Il trouve la Grande Ourse, et moi, la Petite.) Aucun de nous ne veut que la soirée se termine et Alex fait une blague au moment où nous arrivons sur la galerie des Picard.

— Anne-Marie, dit-il sérieusement, Est-ce que je peux te demander une faveur?

— Mais oui, qu'est-ce que c'est?

— La prochaine fois que nous sortirons, voudrais-tu laisser ton ami à la maison?

Je serre très fort mon hippopotame dans mes bras et je souhaite une bonne nuit à Alex. Une fois dans ma chambre, je m'assois près de la fenêtre et j'observe longtemps l'océan. *La prochaine fois que nous sortirons...* C'est bien ce que je souhaite, n'est-ce pas? Alex est tellement drôle et gentil... bien entendu que je veux le revoir! Mais alors, pourquoi ce sentiment de culpabilité qui m'envahit? *Parce que tu as dit que tu serais toujours fidèle à Louis*, me murmure une petite voix intérieure.

En entendant Sophie s'affairer dans la cuisine, j'enfile rapidement ma robe de nuit et je me glisse dans mon lit.

Je n'ai envie de parler à personne. Ç'a été une soirée merveilleuse, excitante et troublante, qui me donne tant à réfléchir…

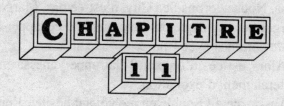

CHAPITRE 11

Mercredi

Chère Jessie,

Tout s'est compliqué ici à cause d'un garçon, d'une série de poèmes d'amour et d'une fausse identité. Ça ressemble peut-être à un drame shakespearien, mais c'est la vérité. Je ne sais pas comment tout va tourner, mais je pense que ça va aller mal avant de se régler. Je te tiendrai au courant. Mes amitiés à tout le monde de Nouville.

Anne-Marie

— Es-tu certaine de vouloir aller en ville aujourd'hui ?

Il est neuf heures et demie et Sophie et moi venons de terminer la vaisselle du déjeuner.

— Bien sûr, que nous le voulons ! fait impatiemment Vanessa. Nous adorons Sea City, n'est-ce pas, Margot ?

Margot fait signe que oui, impatiente d'échapper à une partie de dominos avec Claire.

— Alors, est-ce qu'on peut ? claironne Vanessa en sautant littéralement d'excitation.

— Vas-y, me dit Sophie en me voyant hésiter. J'emmènerai les garçons à la plage.

— Je vais avec toi, dit Marjorie. Mon bronzage n'est pas encore à point.

— Youpi ! lance Vanessa.

En y repensant, je m'étonne de ne pas avoir compris la *véritable* raison de l'empressement de Vanessa. (Si vous pensez qu'il s'agit d'un jeune garçon appelé Chris, vous avez deviné juste.)

Il est presque onze heures lorsque Claire, Margot, Vanessa et moi mettons le pied sur la promenade. Il fait un peu frais et Sea City est bondée de touristes.

— Est-ce qu'on peut aller voir les souvenirs ? demande Margot. J'ai apporté mon argent.

Nous faisons un premier arrêt à une petite boutique qui vend des centaines de souvenirs faits de divers coquillages. Il y a des boîtes à bijoux décorées de petits coquillages roses et des miroirs bordés de coquillages blancs pas plus gros qu'une pièce de dix cents. Tout semble un peu trop cher pour Margot, aussi je la persuade d'acheter une simple coquille de conque.

— Mais ce n'est pas écrit Sea City dessus, dit-elle.

— Mais c'est très joli, et toutes les fois que tu la regarderas, tu penseras à l'océan, lui dis-je.

Margot n'est pas tout à fait convaincue et Vanessa commence à perdre patience.

— N'en fais pas tout un plat, Margot. Veux-tu acheter un coquillage, oui ou non?

— Mais ce n'est qu'un coquillage comme je peux en trouver sur la plage.

— Mais tu n'en as pas encore trouvé un, lui fait remarquer Vanessa. Et celui-ci?

Vanessa lui tend un joli oursin plat. On y a percé un trou et attaché un ruban.

— Oh, c'est mignon! Qu'est-ce que c'est? demande Margot.

— C'est une décoration d'arbre de Noël, lui dis-je. Tu le pends à l'arbre et lorsqu'il neige à Nouville, tu rêves à Sea City.

— J'aime ça! s'écrie Margot.

Elle a juste l'argent qu'il faut et Vanessa la conduit à la caisse pendant que je me promène dans la boutique. J'aperçois un t-shirt que Diane adorerait. Il est tout noir et un gros Sea City rose fluo y est imprimé. C'est parfait pour Diane — mais pas pour moi — et je trouve aussi deux tasses pour papa et Susanne. J'achète même un jouet pour Tigrou.

Notre prochain arrêt est au *Trampoline Land*, qui est l'un des endroits préférés de Margot. Elle entraîne donc Claire avec elle sur un trampoline géant pendant que Vanessa et moi les surveillons. Ça m'étourdit toujours un peu de regarder des gens sauter sur un trampoline, et je ne comprends pas pourquoi Margot aime tellement ça. Ce qui est encore plus étrange, c'est que Margot est malade rien que de rouler en automobile, mais les trampolines ne semblent pas l'incommoder.

Sauf cette fois-ci.

Margot saute comme une folle pendant vingt minutes, lorsque je remarque qu'elle est toute pâle.

— On dirait qu'elle est un peu... blanche, non? dis-je à haute voix.

— Blanche... elle me paraît plutôt verte! s'écrie Vanessa en m'attrapant le bras. Il faut vite faire quelque chose, elle va être malade!

— Oh, non!

Je regarde la tête de Margot retomber d'un côté puis de l'autre et je sais que Vanessa a raison. Les yeux de la petite sont vitreux et sa peau devient soudain toute rouge. Elle est malade et, dans quelques instants, tout le monde va le savoir.

— Mais qu'est-ce qu'on peut faire? Pourquoi ne s'arrête-t-elle pas?

Vanessa secoue la tête.

— Elle ne peut pas arrêter. Elle essaie probablement de se glisser vers les côtés, mais il y a trop d'enfants dans le chemin. Tu ne sors pas comme ça d'un trampoline, tu sais.

Vanessa a raison. Sur un trampoline, tu sautes de bas en haut, même si tu ne le veux pas. Parfois, des parents vont chercher leurs enfants sur l'appareil et ils ne peuvent s'empêcher de sauter eux aussi.

— Je vais la chercher, dis-je, bien décidée.

Je me sens un peu idiote de me diriger comme un kangourou vers Margot, mais je suis sa gardienne et je dois le faire.

— Tiens-toi bien, Margot, lui dis-je une fois à ses côtés.

Je lui attrape le bras pour la faire descendre. Elle se tient sur le bord quelques moments, oscillant d'avant en arrière.

— Dès qu'elle se sentira mieux, nous partirons, dis-je aux deux autres filles.

— Parfait, dit Vanessa. Je veux aller au *Ice-Cream Palace*.

— Vanessa, fais-je, choquée, donne un peu de temps à Margot pour qu'elle se remette d'aplomb.

— La crème glacée remet l'estomac à l'endroit, dit-elle.

Comme personne ne la croit, nous allons observer une partie de golf miniature au *Fred's Putt-Putt Course*.

— *Maintenant*, est-ce qu'on peut aller au *Ice-Cream Palace*? demande Vanessa une demi-heure plus tard.

Je ne savais pas que Vanessa pouvait être aussi pleurnicharde.

— J'imagine que oui, dis-je. Margot semble aller mieux et…

Je n'ai pas la chance de continuer parce que Vanessa détale devant moi. Pourquoi est-ce si important d'aller au *Ice-Cream Palace*? (J'aurais dû m'en douter.)

— Il est là, lance joyeusement Vanessa lorsque nous la rejoignons.

Elle parle à voix basse afin que je sois la seule à l'entendre. Elle pointe le comptoir du menton et je vois Chris qui est au travail.

— Je lui ai laissé trois poèmes, dit-elle fièrement.

— Tu as fait quoi?

— Je suis venue trois fois depuis vendredi, chuchotet-elle. Et je lui ai laissé chaque fois une note sur le comptoir.

— Je ne pensais pas que tu allais vraiment faire ça.

Je me sens mal à l'aise et je souhaiterais avoir passé plus de temps à en discuter avec elle avant aujourd'hui.

— Je t'ai dit que je le ferais. C'est la seule façon de lui faire connaître mes sentiments. Et bientôt, je saurai quels sont les siens.

Chris nous aperçoit et, à ma grande surprise, il commence à parler avec Vanessa. Est-il vraiment intéressé par Vanessa? Il semble très désireux de savoir où nous habitons et combien de temps nous resterons à Sea City. Entre toutes ses questions, il réussit à faire quatre grosses coupes de crème glacée au chocolat fondant et, cette fois, aucun accident ne se produit. Je remarque que son patron ne le quitte pas des yeux.

Vanessa prend un temps interminable à manger sa coupe, probablement dans l'espoir de reparler avec Chris, mais il est finalement l'heure de partir. Nous passons la porte lorsque Chris court vers nous, s'essuyant les mains à son tablier.

— Eh, Vanessa? fait-il d'une voix si basse qu'on a peine à l'entendre.

— Oui?

— Veux-tu me rendre service, s'il te plaît?

— Bien sûr!

— Dis à Marjorie que je pourrai sortir avec elle samedi soir.

Vanessa reste muette comme une carpe… et moi aussi. Il veut sortir avec Marjorie samedi soir? Comment est-ce arrivé?

Il ne connaît même pas Marjorie. Et Marjorie ne l'aime probablement pas, alors comment a-t-il pu penser?... Puis ça me frappe. Les poèmes! Chris a mal compris les poèmes. Il a dû penser qu'ils venaient de Marjorie. J'essaie de me rappeler celui que j'ai lu. Quelque chose comme «un petit accident nous a rapprochés». Nul doute qu'il se souvient de s'être frappé la tête contre celle de Marjorie, alors il croit que c'est elle qui a écrit les billets doux. Quel embrouillamini!

L'affaire peut sembler bizarre, mais elle a du sens. Après tout, Chris a au moins douze ans et Marjorie en a onze. Vanessa n'a que neuf ans et, à cet âge, la différence paraît davantage. Chris considère probablement Vanessa comme un bébé et Marjorie comme une fille à son goût.

J'attends d'avoir atteint la promenade avant de chuchoter à Vanessa:

— Que vas-tu faire?

Vanessa secoue la tête, les yeux brillants de larmes.

— Je ne sais pas, dit-elle tristement. Comment ai-je pu être aussi stupide?

Claire nous interrompt alors et nous n'avons plus la chance de poursuivre la conversation. De retour chez les Picard, je suis prise par mon travail coutumier et lorsque j'ai enfin un moment libre pour aller parler à Vanessa, madame Picard m'informe qu'elle fait la sieste.

Une sieste à seize heures trente? Je monte l'escalier sur le bout des pieds et je reste un instant devant sa porte fermée. Il n'y a aucun bruit et je décide de redescendre après quelques minutes. Je m'inquiète beaucoup pour Vanessa.

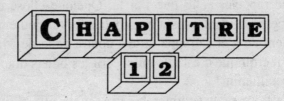

CHAPITRE 12

Jeudi

Tout a commencé comme la garde la plus simple du monde et s'est terminé dans le pire chasse à l'homme. Ou plutôt une chasse au hamster ! Je gardais Becca et Jaja et, vu la température très chaude, nous avons décidé de rester à l'intérieur, à l'air climatisé. Becca et Charlotte Jasmin jouaient au magasin de bonbons, Jaja arpentait la maison comme à son habitude et moi, j'étais allongée à lire. Et puis c'est arrivé ! Becca et Charlotte remarquèrent soudain que la cage du hamster des

Picard était vide. Je me suis dit à moi-même de ne pas paniquer et j'ai tenté de penser à tous les endroits où un hamster aurait pu se cacher. Perdre un animal est une des pires choses qui puisse arriver à une gardienne et j'espère que ça n'arrivera à personne d'autre ...

C'est un de ces jours où l'on croit que rien d'intéressant n'arrivera et puis, vlan! quelque chose te frappe de plein fouet. Jessie garde Becca et Jaja pendant que sa mère est allée à une entrevue pour un emploi et que son père est au bureau. Elle est heureuse que Charlotte vienne jouer avec Becca. Charlotte est fille unique et l'une des préférées des membres du CBS, surtout de Sophie. C'est une enfant facile, intelligente, avec un petit côté responsable. Elle et Becca s'entendent à merveille et ont de l'imagination à revendre.

— Tu veux jouer aux échelles et aux serpents? demande Becca. Ou au dictionnaire?

— Je n'ai pas vraiment envie de jouer à ces jeux, fait Charlotte en s'assoyant près de la fenêtre. Faisons du mime!

— D'accord!

Becca adore jouer à faire semblant et peut imiter n'importe quel animal. Par exemple, lorsqu'elle est un chat, elle miaule et frotte sa tête contre votre jambe jusqu'à ce qu'on se penche et la flatte.

— Jouons au magasin de bonbons, suggère-t-elle.

C'est un jeu qui prend une éternité parce que Becca et Charlotte font la marchande de bonbons à tour de rôle et qu'elles adorent toutes deux les friandises.

— Quelle sorte de réglisse avez-vous ? demande Becca à Charlotte, agenouillée derrière la table basse du salon qui sert de comptoir.

— Nous en avons maintenant à la cerise, dit Charlotte en désignant un point invisible sur la table. Elle est délicieuse. Nous avons aussi la réglisse noire ordinaire. Voulez-vous en essayer une ? Nous avons des échantillons gratuits.

— Je n'arrive pas à me décider, avoue Becca en se frottant le menton. Je suis venue à votre magasin parce que je désire quelque chose de vraiment différent.

— Quelque chose de *vraiment* différent ? Eh bien, vous êtes venue au meilleur endroit en ville.

Charlotte se penche sous la table et fait semblant de soulever tout un plateau de friandises.

— Qu'est-ce que c'est ? demande Becca.

— Des barils de réglisse à la bière d'épinette ! Vous voyez, ils ont la forme de petits barils mais ça goûte la réglisse.

— Oh ! c'est vraiment différent !

— Nous sommes le seul magasin de Nouville à les vendre, dit Charlotte, ravie.

Jessie laisse les petites à leur conversation et, tout en surveillant Jaja d'un oeil, elle continue sa lecture d'une histoire de cheval. Son petit frère se promène maintenant

94

partout sur ses deux jambes et la maison des Raymond a été passée au peigne fin afin d'enlever tout ce qui pourrait être dangereux pour lui. Jessie ne s'inquiète donc pas de le voir entrer dans la cuisine et d'y rester quelques minutes.

Elle ouvre la télé pour une émission que Jaja aime beaucoup, au cas où il reviendrait et voudrait s'asseoir avec elle. Elle-même aime regarder cette émission pour enfants. Elle observe une scène où deux petits garçons deviennent amis, puis revient vite à sa lecture.

Bientôt des bruits venant de la télé attirent son attention et elle retourne à l'émission. On demande à des tout-petits de dire quels objets sont pareils et lesquels sont différents. C'est un jeu amusant et les rires éclatent dans le studio lorsque les enfants découvrent qu'un batteur à oeufs ne va pas avec un chat, un chien et un cochon.

— Pourquoi pas? demande l'animateur.

— Parce que c'est différent, crient les enfants.

— Et qu'est-ce qui devrait aller avec le chat, le chien et le cochon?

— La chèvre!

— Pourquoi?

— Parce que ces choses sont *pareilles*. Ce sont tous des animaux.

— Vous avez raison!

Jessie entend alors des applaudissements derrière elle. Elle se retourne et aperçoit Jaja, assis sur le plancher.

— As-tu aimé ça, Jaja?

Jaja ne répond pas et se dirige de nouveau vers la cuisine pendant que Jessie reprend son livre. Vingt minutes plus tard, c'est le désastre. Becca et Charlotte arrivent en courant auprès de Jessie.

— Jessie ! crie Becca. Le hamster est parti !

Jessie saute sur ses pieds.

— C'est impossible. Je lui ai donné à manger ce matin et il était dans sa cage.

— Plus maintenant, dit Charlotte.

Jessie se précipite à la cuisine et aperçoit la cage vide.

— Oh, non ! gémit-elle.

Elle garde le hamster des Picard et en a toujours pris grand soin. Elle connaît bien des choses au sujet des hamsters à cause de Moustique et elle sait qu'on doit les laisser dans leur cage, sauf lorsqu'on change la litière ou qu'on joue avec eux. On ne peut pas les laisser en liberté dans la maison, car ils risquent de se perdre.

— Qu'allons-nous faire ? demande Becca.

— On commence les recherches ! s'écrie Jessie. On se sépare. Il faut passer la maison à la loupe. Il peut être n'importe où.

— Mais par où allons-nous commencer ? demande Charlotte en fouillant la cuisine.

— Je suis certaine qu'il est dans la maison, reprend Jessie en réfléchissant. (Elle aime mieux ne pas penser qu'il puisse être à l'extérieur.) Nous allons regarder sous les tables et sous les fauteuils. Les hamsters aiment se cacher, alors cherchez partout où il a pu se glisser. Et n'oubliez pas les garde-robes.

Quinze minutes plus tard, Becca hurle du haut de l'escalier :

— Jessie ! Viens dans ma chambre. Je l'ai trouvé !

— Merci, mon Dieu.

Jessie monte au deuxième et trouve Charlotte et Becca agenouillées devant la cage de Moustique. Étonnée, elle y aperçoit *deux* petits tapons de poils qui mangent dans le même bol.

— Il est dans la cage de Moustique! s'écrie-t-elle.

— Oui, mais comment y est-il arrivé? fait Becca en tendant la main pour le caresser.

Jessie secoue la tête, déconcertée.

— Je n'en ai aucune idée. Il n'a certainement pas ouvert sa cage tout seul.

Becca et Charlotte pouffent de rire à cette idée.

— Qu'est-ce qu'on fait maintenant? demande Charlotte.

Jessie ouvre la cage et soulève doucement la petite bête toute nerveuse.

— Il retourne là où il va, dit-elle fermement. Dans sa cage, dans la cuisine.

En descendant, elle se demande toujours comment tout cela a pu arriver. Il n'y a qu'une explication: Becca. Sa petite soeur a peut-être cru qu'il serait amusant de mettre les deux hamsters dans la même cage, au cas où l'un ou l'autre s'ennuierait tout seul. Jessie décide qu'il est temps d'éclaircir l'affaire.

— Becca, dit-elle, je sais que tu ne voulais rien faire de mal, mais ce n'était pas une bonne idée de mettre Fred avec Moustique…

— Mais ce n'est pas moi! proteste Becca. Je ne suis même pas allée près de la cage.

— Écoute, Becca, dit gentiment Jessie, Fred ne s'est pas rendu tout seul dans la cage.

— Mais je n'ai rien fait! répète Becca. Je ne ferais

jamais quelque chose comme ça. Peut-être qu'ils ne s'aimeraient pas ou que Fred pourrait manger la nourriture de Moustique. Tu sais que je ne ferais rien pour nuire à Moustique.

Jessie sait que c'est vrai. Mais alors, qu'est-il vraiment arrivé?

Quelques minutes plus tard, elle remet sagement Fred dans sa cage lorsque Jaja se met à crier.

— Non, non! Pareil! Pareil!

— Qu'est-ce qu'il y a, Jaja? demande Jessie en levant les yeux.

Elle referme la cage et va se laver les mains. Jaja se précipite sur la cage qu'il tente d'ouvrir.

— Ouvrir! demande-t-il.

Jessie s'agenouille devant son frère.

— Fred doit rester dans sa cage, dit-elle, mais Jaja continue de crier.

— Pareil, pareil!

Jessie comprend enfin. C'est Jaja qui a mis les deux hamsters dans la même cage parce qu'ils étaient pareils! Il a vraiment été attentif à l'émission de télé.

— Oh! là! là! fait-elle.

Jaja est un véritable génie. Elle a hâte de raconter à ses parents que son petit frère est beaucoup plus brillant que tout le monde ne le pense.

CHAPITRE 13

Vendredi

Chère Christine,

Je n'aurais jamais pensé ça, mais Sophie me rend folle! Ça va mal et c'est moi qui prends tout. Si tu ne le sais pas encore, c'est la faute d'un garçon. Les garçons compliquent vraiment la vie, tu ne crois pas? Quand je pense que nous quittons Sea City demain. Le séjour a été amusant, mais j'ai hâte de me retrouver à Nouville. Tu connaîtras probablement toute l'histoire avant que cette carte postale ne te parvienne.

Amitiés,
Anne-Marie

99

Je ne veux pas trop en dire sur une carte postale, mais Sophie et moi ne nous entendons pas très bien. Tout ça parce que Tobie l'a laissée tomber jeudi soir. Je découvre toute l'histoire le vendredi, après le déjeuner.

Sophie arrive en trombe de la salle de bains, le visage dur de colère.

— Tu as encore pris ma serviette! crie-t-elle.

— Je n'ai pas pris ta serviette, dis-je tranquillement.

Je déteste que les gens se fâchent contre moi, mais je ne vais quand même pas confesser une faute que je n'ai pas commise. J'ai découvert que la meilleure attitude à prendre lorsque Sophie a des humeurs, c'est de ne pas en tenir compte, et c'est ce que je fais.

— Comment peux-tu rester plantée là à nier? lance-t-elle en marchant droit sur moi.

— Sophie, dis-je en tentant de garder mon sang-froid, *ma* serviette a des fleurs bleues avec le centre jaune. *Ta* serviette a des fleurs jaunes avec le centre bleu.

— Des fleurs jaunes avec…

— Oui, c'est ça.

Je me retourne et continue à plier mes shorts et empiler mes t-shirts. Je sais que ce sera la débandade demain lorsque nous devrons fermer la maison.

— Hum, grogne Sophie, tu as peut-être raison pour la serviette.

Elle se tient là à me regarder, cherchant quelque chose pour passer sa colère.

— Je ne peux pas croire que tu prépares déjà tes valises, fait-elle en pointant les piles de vêtements.

— J'aime bien être organisée, dis-je en soupirant. On va être occupées demain matin.

— Tu es toujours organisée. Je trouverais ça ennuyeux de vivre comme ça.

Je regarde les produits de beauté étalés sur la commode de Sophie. Il n'y a pas de danger que ça lui arrive, pensé-je. Elle passe son doigt sur le pli d'un t-shirt.

— Tu es tellement propre que ça ne m'étonnerait pas que tu repasses tes sous-vêtements. Ou tu le fais peut-être la nuit, lorsque tout le monde dort.

Elle sort de la chambre avant que je trouve quelque chose à répondre.

Ce n'est pas avant le soir que je découvre ce qui s'est passé avec Tobie. Sophie s'est un peu calmée après le souper, et nous nous balançons toutes les deux avec Marjorie sur la véranda. Le soir tombe et une brise saline souffle de l'océan.

— C'est la soirée des adieux, dis-je tranquillement.

— Tobie m'a déjà fait les siens hier soir, murmure Sophie en enfouissant son visage dans ses mains.

— Sophie? dit Marjorie.

Sophie lève la tête.

— Il a rompu. Le croiriez-vous? (Les yeux de Marjorie s'agrandissent.)

— Pourquoi? Vous êtes-vous chicanés?

— Non. Nous ne nous sommes jamais chicanés.

— Mais alors, qu'est-il arrivé?

Sophie hausse les épaules.

— Je ne comprends pas trop. Il m'a juste dit que les deux semaines avaient été fantastiques, mais que c'était terminé. Il veut retourner chez lui et sortir avec d'autres filles. Il ne veut pas d'attaches.

— Oh! là! là! fait Marjorie.

Je pense alors à Louis.

— Mais vous ne pourriez pas sortir chacun de votre côté et quand même rester en contact tous les deux ?

— Il ne voit pas cela comme ça, fait Sophie qui secoue la tête, puis se lève. Tu es vraiment chanceuse d'avoir Louis qui t'attend à Nouville, Anne-Marie. Comme tu le dis si souvent, c'est ton seul amour.

Oh ! oui. J'ai déjà dit ça, c'est vrai.

— Ce doit être merveilleux de pouvoir compter sur quelqu'un, ajoute-t-elle en laissant échapper un profond soupir.

Les yeux de Marjorie passent de Sophie à moi avec intérêt. Elle commence seulement à penser aux garçons. C'est alors que Margot et Claire viennent nous rejoindre et c'en est fini de notre conversation. Mais je n'arrête pas de penser à Louis et à Alex. Lorsque je suis avec Alex, je m'amuse bien. Peut-être même suis-je amoureuse sans le savoir. Et, lorsque je pense à Louis — son charmant sourire, sa voix chaude —, je me dis que c'est de lui que je suis amoureuse ! On ne peut quand même pas être amoureuse de deux garçons ?

Alex et moi décidons de passer cette dernière soirée ensemble, au même restaurant, puisqu'on s'y est tellement amusés. Quelle erreur ! Tout est différent cette fois-ci, et je ne peux pas mettre le doigt sur ce qui est changé.

D'abord, Alex n'a rien à dire. Ça me rend nerveuse et, quand je le suis, je n'ouvre pas la bouche. Nous sommes donc assis face à face, comme deux marionnettes inanimées.

Je dois briser ce silence ou je vais devenir folle. Je fais donc tout un plat de ce que je vais manger.

— Essayons de trouver quelque chose qui ne contient pas de poisson, dis-je gaiement. On va dire que c'est la règle pour ce soir… pas de poisson ni de fruits de mer.

Alex sourit poliment en pensant probablement que je suis folle à lier.

— Comme tu voudras, dit-il, les yeux fixés sur le menu. Il n'y a pas grand choix. Après tout, c'est un restaurant de fruits de mer.

— Oh, il y aura sûrement quelque chose. Ce sera un défi, ajouté-je en riant.

— On pourrait commander un spaghetti, fait Alex.

— Pas question, dis-je, le doigt pointé vers lui. Il est recouvert de sauce aux palourdes.

— Oh! On devrait alors essayer le sandwich sous-marin géant. Il n'y a sûrement pas de poisson là-dedans.

— Ça me paraît excellent!

Je ris sans trop savoir pourquoi. Lorsque le sandwich arrive enfin, je voudrais me voir ramper sous la table. D'abord on ne devrait jamais commander ce genre de sandwich quand on mange en tête à tête, car ça dégouline de partout. Les tomates te glissent le long du menton, la mayonnaise s'échappe par les deux bouts et les tranches de salami atterrissent sur tes genoux. Ensuite, ils sont énormes. Ce sandwich me semble plus gros que ma tête. Je me rends compte qu'on aurait très bien pu n'en prendre qu'un seul, que nous aurions partagé.

Au moins, on a maintenant une bonne excuse pour ne pas parler. Notre bouche est trop occupée à faire son chemin dans une montagne de pain et de viandes froides. Entre deux bouchées, je parle un peu des Picard à Alex, et lui, de son équipe de balle molle, mais ça s'arrête là. Ce n'est pas ce qu'on peut appeler une conversation ; nous récitons plutôt un rôle, comme dans une pièce de théâtre. Sauf que nous devons jouer tous les deux une pièce différente, car le dialogue sonne faux.

J'ai l'impression que le repas s'éternise et, lorsque c'est enfin terminé, j'étends le bras pour prendre l'addition.

— Tu ne peux pas faire ça, dit Alex en me l'enlevant.

— Pourquoi pas ?

— Les filles ne paient pas lorsqu'elles sont invitées.

— Mais oui, elles le font. Louis et moi payons toujours à tour de rôle.

— Qui est Louis ?

Oh ! oh ! ça y est.

— Euh… c'est mon petit ami à Nouville.

Le chat est enfin sorti du sac ! Alex ne semble pas trop contrarié.

— J'ai aussi une petite amie, chez moi.

— C'est bien.

— Qu'est-ce qui est bien ?

— Que tu aies une amie et que j'aie un petit ami, moi aussi.

Alex me regarde et pouffe de rire.

— Qu'y a-t-il de si drôle ?

— Nous entends-tu ? Tout un sujet de conversation !

Je pouffe à mon tour.

— C'est mieux que de t'entendre parler de ton lancer pivotant, non ?

Alex rit de plus belle et je sais que tout est pour le mieux. Je reconnais l'Alex espiègle et chaleureux des premiers jours. Nous parlons jusqu'au moment de partir. (C'est finalement moi qui paie l'addition.)

Plus tard, le long de la promenade, je pense à quel point j'aime bien Alex et quel bon temps nous avons eu à Sea City. Nous sommes de vrais copains. Après tout, nous avons chacun notre petite histoire romantique chez nous. Pourquoi compliquer les choses ?

— Tu sais quoi ? me dit Alex lorsque nous sommes arrivés chez les Picard. Je viens de passer une des plus belles soirées de ma vie.

— Eh bien, je me sens comme toi !

— Nous restons amis ? fait-il en se penchant pour me serrer dans ses bras.

— Pour toujours, dis-je en hochant la tête.

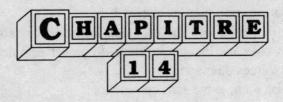

CHAPITRE 14

Vendredi

Cher papa, chère Suzanne,
  Les enfants sont parfois bien
étonnants! Vanessa m'a épatée en
proposant une solution fort sensée
à un problème difficile. Quand je
pense que je vais vous voir, vous et
Diane, demain, avant même que
vous receviez cette carte! Je me suis
beaucoup amusée, mais j'ai hâte de
revenir à la maison.

                    Tout mon amour,
                    Anne-Marie.

Monsieur et madame Picard sont assis dans la cuisine lorsque je rentre de mon rendez-vous avec Alex.

— T'es-tu bien amusée ? me demande madame Picard.

— Oh, oui !

Nous parlons à voix basse, parce que tous les autres sont au lit. Madame Picard me sourit.

— Ça semble sérieux, me taquine-t-elle. On devrait en parler devant un morceau de tarte aux pommes.

— Mais non ! Ce n'est pas sérieux du tout. C'est justement le plus merveilleux de l'affaire. Merci pour la tarte, mais j'ai bien mangé au souper et je n'ai plus de place. Je pense que je vais aller me coucher.

— Bonne nuit, dit monsieur Picard. Nous aurons une grosse journée demain.

Je monte sur la pointe des pieds, soudain très fatiguée. Je m'apprête à entrer dans ma chambre lorsque je vois un rai de lumière sous la porte de Vanessa et de Marjorie. Je frappe légèrement.

— Qu'est-ce qui se passe ? chuchoté-je en passant ma tête dans l'entrebâillement.

Marjorie semble dormir à poings fermés, mais Vanessa est assise sur son lit, un calepin faiblement éclairé sur les genoux.

— J'écris à Chris, fait-elle doucement.

Je m'assois sur le bord de son lit.

— Qu'as-tu décidé de lui dire ?

— Eh bien, j'ai essayé d'examiner le problème sur toutes les coutures et je me suis dit qu'il n'y a qu'une seule solution.

Je suis impressionnée par sa sagesse. J'y ai moi-même

pensé une partie de la journée, mais je n'ai pas l'ombre d'une piste. Vanessa prend une grande inspiration.

— Je suis arrivée à ceci : Chris pense que Marjorie est son admiratrice secrète.

— C'est vrai.

— Et il veut sortir avec elle samedi soir. Alors la réponse est évidente.

— À ce point-là ? (Je n'ai aucune idée de ce qu'elle va me dire ensuite.)

— C'est très simple. Nous serons partis samedi soir. Je dois donc écrire un autre poème à Chris pour lui dire que je suis bien triste de retourner à Nouville.

— Tu ne vas pas lui révéler que c'est *toi*, et non pas Marjorie qui est son admiratrice secrète et qui lui a écrit tous ces poèmes ?

Elle secoue vivement la tête.

— Ça ne donnerait rien à personne. Marjorie est celle qu'il aime. De cette façon, ni lui ni Marjorie ne connaîtront jamais la vraie histoire.

C'est à peine croyable qu'une petite fille de neuf ans puisse avoir une idée si brillante.

— Je vais te lire mon poème si tu veux, mais tu dois me promettre une chose. Si tu le trouves idiot, il faudra me le dire. Je ne veux pas faire une folle de moi.

Au même moment, Marjorie se retourne dans son lit en marmonnant des choses incompréhensibles. Vanessa et moi retenons notre souffle quelques instants.

— Ça va, fait enfin Vanessa. Elle dort profondément. Ça devait être un rêve.

— Lis ton poème, dis-je tout bas.

Cher Chris,

J'aurais aimé te voir au crépuscule,
mais notre horaire me bouscule.
Nous quittons Sea City au lever du jour
et partons très loin, peut-être pour toujours.
Je me rappellerai sans cesse ton sourire,
ce sera le plus beau de mes souvenirs.
Je te souhaite beaucoup de bonheur,
Ton admiratrice secrète du fond du coeur.

La voix de Vanessa bute sur la dernière ligne.

— C'est un très beau poème, lui dis-je, une boule dans la gorge. Tu as dit ce qu'il fallait et ce n'est pas idiot du tout.

— Tu es certaine?

— Oui, dis-je en la serrant dans mes bras. Je suis tellement fière de toi, Vanessa. Je comprends que ç'a dû être difficile de l'écrire.

— C'est une des choses les plus difficiles de ma vie, répond Vanessa. (Je sais qu'elle essaie de ne pas pleurer.) Vas-tu m'aider à aller porter mon poème au *Ice-Cream Palace* demain?

— Oui, bien entendu.

J'ai peine à parler parce que les larmes se mettent à rouler sur mes joues. Dès que je vois quelqu'un de triste ou qui a des problèmes, c'est plus fort que moi.

— Ne pleure pas, Anne-Marie, me chuchote Vanessa, appuyée contre mon épaule.

C'est encore pire et nous voilà toutes les deux en larmes.

— Je ferais mieux de retourner à ma chambre. Tu as besoin de dormir.

— D'accord, dit la petite qui éteint la lumière et se glisse sous les couvertures.

Elle réussit à me sourire, même si elle semble encore triste.

— Merci de m'avoir aidée.

— Ça va.

Je me dirige vers la porte lorsqu'un bruit me force à me retourner.

— Je t'ai dit que je voulais une lotion solaire et non pas un écran solaire! s'écrie Marjorie, assise toute droite dans son lit et pointant son doigt vers moi.

Je me sens comme une criminelle. Mon coeur s'arrête de battre.

— Qu'est-ce... qu'est-ce que tu as dit?

Je regarde Vanessa qui a allumé sa lampe. Mon visage doit être rouge comme une tomate.

— Couche-toi, Marjorie. Tu rêves, dit calmement Vanessa.

— En es-tu certaine? demandé-je, étonnée. On dirait qu'elle est parfaitement éveillée.

— Ça lui arrive tout le temps. On pense qu'elle dort et elle se parle. C'est un peu étrange mais je commence à être habituée.

Sur ces mots, Vanessa se lève et pousse gentiment sur les épaules de sa soeur pour qu'elle se recouche. Les yeux de Marjorie clignent une ou deux fois, puis se referment.

Vanessa me sourit en retournant dans son lit.

— Elle ne se souviendra de rien demain matin.

J'ai tellement hâte de me retrouver dans ma chambre,

mais il y a un autre obstacle à franchir: Sophie. Elle est au lit, mais ne dort pas encore. Elle referme le livre qu'elle a dans les mains lorsque je pousse la porte.

— Je suis contente que tu sois de retour, je t'attendais.

— Écoute, Sophie, dis-je, exténuée, si tu cherches une autre querelle, tu vas devoir attendre jusqu'au matin.

Même si Sophie m'a semblé calme et même gentille au début de la soirée, je ne lui fais pas encore confiance.

— Non, je ne veux pas me quereller, dit-elle en hésitant. C'est tout le contraire. J'ai été tellement mesquine avec toi. Je veux m'excuser de la façon dont je t'ai traitée.

Je sens les larmes qui se pressent aussitôt au bord de mes paupières. Oh, non! Pas encore.

— Vas-tu jamais pouvoir me pardonner? demande-t-elle d'une voix tremblotante.

— Mais oui, bien sûr, mais ne dis plus un mot, sinon je vais me mettre à pleurer.

— D'accord, fait-elle avec un petit rire étouffé. Je ne veux pas ouvrir les écluses ou nous risquons de nous noyer. Et comment s'est passée ta soirée?

— C'était bien. Une très belle soirée.

— Pas de tristes adieux? demande Sophie, surprise.

— Non, tout a été parfait parce que je me suis rendu compte de quelque chose. Alex est un bon copain, mais Louis est mon petit ami. L'amour de ma vie, ajouté-je en rougissant. Une fois que j'ai eu compris cela, tout est devenu clair. Je ne me sens plus aussi mêlée.

— Je suis contente que les choses se soient arrangées pour toi, me dit Sophie en se couchant.

— Et moi, je suis désolée que ça n'ait pas marché de ton côté.

Sophie pousse un soupir.

— Au moins, les vacances ont été intéressantes. Aucun moment d'ennui. Tu sais quoi, Anne-Marie? Je pense que j'ai hâte de retourner à Nouville.

— Mmmm, moi aussi, dis-je en enfilant mon pyjama et en tombant sur mon lit.

— Penses-tu que Nouville nous semblera ennuyeuse après Sea City?

Je bâille alors que ma tête s'enfonce dans l'oreiller.

— Non, marmonné-je. Je pense que ce sera… paisible.

Sophie me parle encore, mais je n'entends plus. Je suis déjà à demi plongée dans un rêve.

CHAPITRE 15

— Qui a vu les serviettes de plage ?

— Mon maillot est encore tout mouillé !

Le départ de la maison de Sea City représente un exploit semblable à celui de l'arrivée. Il faut admettre que faire ses valises n'est jamais aussi amusant que de les défaire. La maison semble bien vide avec tout notre équipement déjà rangé dans les deux autos.

Monsieur Picard prépare un dernier déjeuner, pendant que j'aide sa femme à vider le réfrigérateur.

— Au moins, il n'y a pas beaucoup de restes, dit-elle en mettant des viandes froides dans une glacière portative. As-tu vérifié les armoires, Sophie ?

— C'est presque vide. Je n'ai trouvé qu'un vieux morceau de gomme, un sac de croustilles et trois biscuits au chocolat. Ouach ! s'écrie-t-elle soudain. Et quelques fourmis !

— Tu n'as pas à les emballer, la taquine monsieur Picard.

Tous les enfants veulent retourner dans l'eau une dernière fois après le déjeuner, mais comme le ciel est couvert, ils changent d'idée. Tant mieux. Les vacances sont maintenant terminées et j'ai hâte de revenir à Nouville. Mais j'ai un devoir à remplir avant de partir: je dois tenir ma promesse et emmener Vanessa au *Ice-Cream Palace*.

— Dommage qu'il ne fasse pas soleil pour notre dernière journée ici, dit Sophie qui passe à table pour déjeuner. J'aurais eu besoin d'une autre heure de bronzage à l'arrière des jambes.

— L'arrière de tes jambes est parfait, remarque Marjorie.

Le bronzage parfait a été l'objectif numéro un des vacances de Sophie. Elle apportait sa montre à la plage et se tournait toutes les demi-heures pour bronzer également. Elle me rappelait un peu un poulet qu'on met à rôtir sur le barbecue, mais je ne lui ai jamais dit. (Je suis toujours aussi pâle qu'en arrivant, parce que je ne suis jamais sortie sans me couvrir des pieds à la tête.)

— Est-ce qu'on peut jouer sur la plage avant de partir, papa? demande Antoine.

— Oui, allons construire un dernier château, renchérit Joël.

Monsieur Picard regarde sa femme.

— Je te laisse décider, dit-il.

— Je ne sais pas trop, commence madame Picard. Les maillots sont déjà emballés.

— Nous n'avons pas besoin de nos maillots pour jouer dans le sable, dit Nicolas.

— Vous gagnez alors, fait madame Picard en se levant de table. Mais je vous avertis que nous partirons vers onze heures. Tout est prêt ici. Et vous, les filles, avez-vous quelque chose de spécial à faire? ajoute-t-elle en s'adressant à Sophie et à moi.

— Je vais aller jouer avec les enfants sur la plage, dit alors Sophie. Peut-être qu'on peut bronzer sans soleil.

Je rattrape Sophie à la porte.

— Je dois aller en ville avec Vanessa, dis-je vivement. Est-ce que toi et Marjorie pouvez voir toutes seules aux enfants?

— Bien sûr.

Sophie a l'air un peu intriguée, mais ne pose aucune question. Je raconte à madame Picard que Vanessa aimerait retourner une dernière fois sur la promenade, puis je fais signe à Vanessa qui tient son poème bien serré dans sa main, et nous partons.

Je me sens un peu nerveuse, mais Vanessa est très décontractée. Elle a tout planifié à la seconde près.

— Ralentis un peu, me dit-elle. Je veux être là à dix heures quinze pile.

— Ah, oui! Et que se passe-t-il à dix heures quinze?

— C'est le moment où l'autre garçon derrière le comptoir prend quelques minutes de repos. Chris est alors terriblement occupé avec tous les clients.

Je suis étonnée de voir qu'elle a prévu jusqu'aux moindres détails.

— Qu'est-ce qu'on va faire exactement?

— Tu verras, me répond-elle en souriant.

Nous jetons un regard par la vitre au moment où l'autre garçon jette son tablier sur le comptoir et se dirige vers la sortie. Au même moment, un groupe de filles fait irruption au *Ice-Cream Palace*.

— Parfait, marmonne Vanessa. Chris va en perdre la

boule de servir tous ces enfants en même temps.

Elle attrape ma main et nous entrons derrière les filles. Chris nous fait face, un cornet à la main. Vanessa se tient hors de vue quelques instants. Elle attend qu'il se retourne vers la machine à crème glacée, puis se dépêche d'aller porter la note sur le comptoir. En moins de temps qu'il n'en faut pour le dire, tout est terminé et nous voilà dehors.

Le cœur battant, nous faisons quelques pas avant de nous arrêter pour nous faire une grande accolade.

— Nous avons réussi! crie Vanessa.

Je suis contente de la voir sourire, toute fière de son coup.

Plus tard, de retour à Nouville, je sors comme une balle de l'auto de madame Picard qui me dépose chez moi.

— Tu as fait un travail fantastique, Anne-Marie, me dit-elle en me remettant une enveloppe.

Je sais qu'elle contient un chèque, mais c'est la dernière de mes préoccupations. J'ai une telle hâte de revoir tout le monde.

— Au revoir, Anne-Marie! me crient Sophie et les Picard alors que je cours vers la porte arrière de la maison.

Lorsque j'entre en trombe dans la cuisine, Susanne travaille au comptoir.

— Oh! je suis tellement contente de te revoir! dit-elle en me serrant dans ses bras. Tu nous as beaucoup manqué.

— Vous m'avez manqué, vous aussi.

Un moment plus tard, c'est papa qui arrive, Tigrou sur les talons.

— Il n'a pas cessé de miauler depuis que tu es partie, dit papa. Je pense qu'il s'est ennuyé pour vrai.

Je prends mon chaton dans mes bras et il se met à ron-ronner comme un bateau à moteur. Il est content de me voir. Je fais le tour de la cuisine du regard comme si je ne l'avais jamais vue. C'était merveilleux à Sea City, mais c'est encore mieux chez nous.

— Où est Diane ?

— Elle se repose dans sa chambre, dit Susanne. Mais elle nous a fait promettre de l'avertir dès que tu rentrerais.

Diane est couchée au beau milieu de la journée ?

— Qu'est-ce qui se passe ? Est-elle malade ?

— Elle est arrivée de Californie hier et n'est pas encore remise du décalage horaire qui lui donne des nau-sées. Elle a l'air d'un vrai zombie. Je vais la chercher.

Je décide de passer un rapide coup de téléphone pen-dant que j'attends Diane. Un moment plus tard, la chaude voix de Louis arrive à mon oreille.

— Bonjour, c'est moi, dis-je doucement.

Je tente d'avoir l'air décontractée, mais je ne peux empêcher l'excitation de paraître dans ma voix.

— Tu es de retour ! s'exclame Louis.

Il a vraiment l'air heureux et mon coeur se met à battre si fort que j'ai peur qu'il ne l'entende.

— Je viens juste d'arriver.

— Tu m'as manqué.

— Toi aussi.

Nous projetons de nous rencontrer après le souper et je lui dis au revoir à l'instant où Diane descend l'escalier, enveloppée dans sa robe de chambre. On dirait qu'elle n'a pas dormi depuis quarante-huit heures. Toute pâle, elle a le regard vitreux et sa longue chevelure est sans vie.

— Salut, dit-elle.

— Salut, lui dis-je en la serrant dans mes bras. Es-tu certaine que ça va?

Un bâillement lui décroche la mâchoire, puis elle s'affale sur le divan.

— Ça va. J'ai juste l'impression que je voudrais dormir pendant toute une année.

— Je vous prépare un thé glacé, les filles, nous offre Susanne.

— Ce serait gentil, maman, fait Diane avec un nouveau bâillement.

Une fois que nous sommes seules, elle tasse un coussin sous sa tête.

— Vas-y. Je veux tout savoir sur Sea City.

— Tout?

— Tu peux commencer par me parler d'Alex. Et de Tobie… est-ce bien ce garçon que voyait Sophie? Et je veux savoir ce qui est arrivé à Vanessa.

Diane n'a pas perdu un mot des cartes postales que je lui ai envoyées.

— Ça va prendre un bout de temps, lui dis-je en m'assoyant par terre. Le problème, c'est qu'il y avait trop de garçons et les choses se sont compliquées.

— Bon, fait Diane. Commence par le début et n'oublie rien. Je suis tout ouïe.

Je prends une profonde inspiration et je plonge.

— Tout a commencé lorsque nous avons aperçu Alex et Tobie sur la plage. Je devrais plutôt dire lorsqu'ils nous ont aperçues…

Diane et moi parlons ainsi jusqu'au souper et encore après, pendant que je défais mes valises.

— Alors, tu crois que Vanessa va guérir de son coeur brisé?

— J'en suis certaine. Elle s'en est bien tirée. Je suis très fière d'elle.

Je sors une pile de t-shirts et quelque chose attire mon attention. Un feuille de papier repliée est glissée entre deux vêtements.

C'est un poème de Vanessa et mes yeux s'embuent en le lisant.

Chère Anne-Marie,

L'amour peut faire mal, l'amour peut blesser,
un coeur malade ne peut plus jamais chanter.
Les garçons passent et s'en vont,
seule l'amitié demeure pour de bon.
Une vraie amie est difficile à trouver,
mais moi j'en ai trouvé une, je le sais.
Tu m'as aidée à passer un mauvais moment,
Je te serai reconnaissante éternellement.
Merci, Anne-Marie. Toute mon amitié, Vanessa

— Oui, dis-je à voix basse, je pense que pour Vanessa tout va bien aller désormais.

Quelques notes sur l'auteure

Pendant son adolescence, ANN M. MARTIN a gardé beaucoup d'enfants, à Princeton, au New Jersey. Maintenant, elle ne garde plus que Mouse, son chat, qui vit avec elle dans son appartement de Manhattan, dans le centre de New York.

Elle a publié plusieurs autres livres dans la collection *Le Club des baby-sitters*.

Elle a été directrice de publication de livres pour enfants, après avoir obtenu son diplôme du Smith College.

#35

MYSTÈRE
À NOUVILLE
Quatre gardiennes fondent leur club

Ann M. Martin

Adapté de l'américain par
Sylvie Prieur

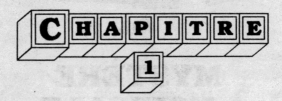

CHAPITRE 1

Le train se met à rouler doucement pendant que, souriant d'aise, je m'installe sur ma banquette. À me voir, comme ça, on peut penser que moi, Sophie Ménard, je fais la belle vie. La plupart du temps j'habite Nouville, au Québec. C'est d'ailleurs la destination du train. Je fréquente une super école, j'ai beaucoup d'amis et je fais partie d'un Club absolument épatant.

Cependant, chaque fois que j'en ai envie, j'ai droit à une fin de semaine de rêve, toutes dépenses payées, à Toronto, comme ils disent dans les jeux-questionnaires télévisés. Et je dois admettre que je viens tout juste d'y passer une magnifique fin de semaine. Mais si on gratte un peu, on s'aperçoit que ce n'est pas aussi rigolo que ça. Vous avez peut-être déjà deviné que si je fais ainsi la navette entre Nouville et Toronto, c'est parce que mes parents sont divorcés. Lors de leur séparation, ma mère et moi avons déménagé à Nouville tandis que mon père est resté dans la métropole. Cette séparation est toute récente et croyez-moi, ça n'a pas été très jojo. En effet, avant de divorcer, mes parents se disputaient tout le temps: très déprimant.

Comment nous sommes nous retrouvées à Nouville, maman et moi? Eh bien, voyez-vous, j'ai grandi à Toronto. J'adore cette ville, j'adore la vie trépidante qu'on y mène; j'adore manger au restaurant, aller au théâtre et... magasiner! Toujours est-il qu'un jour, mon père a été muté au Québec puis, un an plus tard, juste au moment où je commençais à me sentir chez moi à Nouville, il a été muté de nouveau à Toronto. Le croiriez-vous?

Peu de temps après le retour à Toronto, j'ai remarqué que mes parents se disputaient sans cesse. Le reste est facile à imaginer. Ils ont décidé de divorcer et moi, j'ai choisi de retourner à Nouville avec ma mère. Voilà donc pourquoi je suis à bord de ce train.

Mon père m'a consacré toute la journée de samedi. Je sais que ça peut sembler normal pour le reste de l'univers puisque la majorité des gens ne travaillent pas le samedi. Mais pas mon père. C'est un bourreau de travail. D'ailleurs, le fait qu'il était plus assidu au bureau qu'à la maison constituait l'une des causes de disputes entre mes parents. Quoi qu'il en soit, ce samedi, il a décidé de faire passer sa fille avant son travail.

Nous avons donc commencé la journée en allant déjeuner dans un petit café que j'adore. Les serveurs sont tous beaux comme des vedettes de cinéma et on y sert d'excellentes omelettes. Après le déjeuner, nous avons flâné en ville tout en regardant les vitrines et les gens. Chez Fiorucci, l'une de mes boutiques préférées, papa a voulu m'offrir un cadeau. J'aurais bien aimé le superbe blouson de suède pourpre qui était en vitrine. Cependant, j'ai été très raisonnable et j'ai jeté mon dévolu sur une paire de lunettes de soleil en forme de coeur, à motifs de damier noir et blanc. Claudia (ma meilleure amie à Nouville) va en raffoler!

Voici un avant-goût de ce qui se passe dans certains autres livres de cette collection :

#27 *Jessie et le petit diable*

Nouville a la fièvre des vedettes ! Didier Morin, un jeune comédien de huit ans, revient habiter en ville et tout le monde est excité. Jessie le garde quelques fois et, même si les autres enfants le traitent de «petit morveux», elle aime bien Didier. Après tout, c'est un petit garçon bien ordinaire…

#28 *Sophie et de retour*

Les parents de Sophie divorcent. Sophie accepte difficilement cette situation et voilà qu'en plus, elle a un choix à faire : vivre avec son père ou avec sa mère ; vivre à Toronto ou à… Nouville. Quelle décision prendra-t-elle ?

#29 *Marjorie et le mystère du journal*

Sophie, Claudia et Marjorie découvrent une vieille malle au grenier de la nouvelle maison de Sophie. Tout au fond de la malle se cache un journal intime. Marjorie réussira-t-elle à percer le mystère du journal ?

#30 *Une surprise pour Anne-Marie*

Anne-Marie va vivre une expérience spéciale : le mariage de son père avec la mère de Diane. Les deux baby-sitters souhaitaient une grande cérémonie avec les robes, les cadeaux et le gâteau qui vont de pair… Après tout, elles deviendront bientôt deux soeurs.

#31 Diane et sa nouvelle soeur

Diane a toujours rêvé d'avoir une soeur. Mais maintenant qu'elle et Anne-Marie vivent sous le même toit, Anne-Marie ressemble plutôt à une vilaine demi-soeur: elle se vante d'aller à la danse de l'école, son chat vomit sur la moquette, et elle accapare les gardes de Diane!

#32 Christine face au problème de Susanne

Même Christine ne peut déchiffrer les secrets de Susanne, une petite fille autistique qu'elle garde régulièrement. Christine réussira-t-elle à relever le défi qu'elle s'est lancé: transformer Susanne pour qu'elle reste à Nouville?

#33 Claudia fait des recherches

Tout le monde sait que Claudia et sa soeur sont aussi différentes que le jour et la nuit. Claudia adore les vêtements excentriques et les bijoux voyants tandis que sa soeur Josée ne suit pas tellement la mode. De plus, Josée est un véritable génie. La pauvre Claudia récolte les «C» quand elle a de la chance. En ouvrant l'album de photos de famille, Claudia constate qu'il n'y a pas beaucoup de photos d'elle toute petite. Et Claudia a beau chercher son certificat de naissance et l'annonce de sa naissance dans de vieux journaux, elle ne trouve rien. Claudia Kishi est-elle vraiment ce qu'elle croit être? Ou a-t-elle été... adoptée!?

#34. Trop de garçons pour Anne-Marie

Un amour de vacances va-t-il venir séparer Louis et Anne-Marie? Sophie et Vanessa ont, elles aussi, des problèmes avec les garçons. Décidément, il y a trop de garçons à Sea City!

EN CADEAU

En remplissant le coupon ci-dessous, tu peux recevoir

Le carnet de notes
du
Club des
Baby-Sitters

Un guide complet pour ceux et celles qui gardent.

Ce guide est suivi d'un agenda où tu pourras inscrire des renseignements sur chacune de tes gardes.

✂ ···

Je désire recevoir, sans autre frais que ceux de port et de manutention, au montant de 2,00 $, le carnet ci-haut mentionné.

Nom : _____

Adresse : _____ App. : _____

Ville : _____ Prov. : _____

Code postal : _____ Tél. : _____

J'adresse le tout à :
Carnet de notes Baby-Sitters
Les éditions Héritage inc.
300 rue Arran
Saint-Lambert (Québec)
J4R 1K5

* N'oublie pas de joindre le montant de 2.00$